JN075495

アルファな俳優様のおうちで住み込みシッターはじめました。

Hikaru Azumi
安曇ひかる

CHARADE BUNKO

Illustration

らくたしょうこ

CONTENTS

「くっそー、今日も暑っちーな」

傍らを歩く航平が、Tシャツの胸元をパタパタさせる。

「予報だと三十五度を超えるらしいよ」

ハンカチで首筋を拭いながら楓太が答えると、航平は「マジか」と嘆息し、手に持っていたペットボトルの水をぐびぐびと喉に流し込んだ。倣うように、楓太も軽く喉を潤す。ツーブロックに刈り上げた航平のこめかみから玉の汗が伝い、Tシャツの襟ぐりの色を濃くしている。きっと楓太のTシャツも似たようなことになっているのだろう。

黒縁の眼鏡のフレームにかかる長い前髪が額に貼りついて鬱陶しい。時々航平のように流行の髪型にしてみようかと思うこともあるけれど、地味顔の自分にはきっと似合わない。

大学三年生の男子にしてはかなり華奢な体躯は、誰の目にも頼りなく映るだろう。時々友人たちから「並木ってよく見ると結構可愛い顔してんのな」などと言われることもあるが、きっとおとなしい自分をからかっているのだろうと思っている。自ら鏡で確認する限り、これといって特徴のないどこにでもある顔だ。

「ったく、温暖化、容赦ねえな」

「明日から九月とか信じられないよね」

縦横無尽に飛行機雲が走る真っ青なキャンバスをげんなりと見上げた。気まぐれな風が『慶青学院大学　大学祭実行委員』とプリントされた揃いのTシャツをはためかせた。

「風があるだけ、昨日よりちょっとマシかも」

「熱風だけどな。ちゃっちゃと確認して戻ろうぜ。熱中症になりそうだ」

楓太は「だね」と頷き、歩き出した航平の後を追った。

都内の一等地にキャンパスを構える慶青学院大学は、進学したい大学ランキングで常に上位に名前が挙がる人気の私大だ。楓太はその経済学部に籍を置き、昨年から大学祭の実行委員をしている。夏休みも折り返しとなるこの日も、委員会の面々は朝から集まって十月半ばに本番を迎える大学祭のために話し合いを重ねていた。

朝一番のことだった。

『十月の頭から東門の前の歩道の工事が始まるらしいんだ。具体的に何日からなのか、学祭当日に被っているのか、誰か手が空いているやつ、事務課で確認してきてくれないか』

委員長の広田が室内を見回した。一瞬目が合ってしまい、楓太は慌てて俯いたのだが。

——今日手が空いてるのって、多分僕だけだよね……。

ドキドキと心臓がうるさい。それでも楓太はおずおずと右手を上げた。

『あの……ぼ、僕でよければ』

『おっ、サンキュー並木。助かる』と広田が破顔した。

『楓太、よろしくな』

『頼んだ、並木』

皆から向けられる笑顔が眩しくて、楓太は俯いたまま小さく頷いた。近くにいた航平が『俺も一緒に行くわ』と付き添いを買って出てくれた。

生来内気でおとなしい性格の楓太は、幼い頃から極度の引っ込み思案だった。常に三つ年上の姉の後ろに隠れて歩き、近所のおばさんに『あら楓太くん、おはよう』と声などかけられようものなら、真っ赤になって姉のランドセルにしがみついた。目も合わせずに『……よう……ます』と蚊の鳴くような声で答えるのが精一杯だった。

成長するにつれ幾分マシになったが、大学生になった今も根っこの部分は変わっていない。合コンもパーティーも、断り続けているうちに誘われなくなった。地方出身のひとり暮らしという環境を逆手に取り、大学とアパートとアルバイト先の三角形をなぞるだけだった学生生活に大きな変化が訪れたのは、二年生に進級したばかりのある日のことだった。

『楓太さ、大学祭の実行委員やらね？』

経営学の講義が終わり、立ち上がろうとした楓太に声をかけてきたのは、隣に座っていた太田航平だった。同じクラスの航平は数少ない友人のひとりだ。

『ほら俺、一年の時から実行委員やってるじゃん。実は総務やってた女子が留学することになって先週辞めちゃってさ、誰か代わりに――』

『ごめん無理っ』

皆まで言わせず楓太は答えた。航平は一瞬の後『そう言うと思った』と苦笑した。

『わかってるなら――』

『わかってるから、あえて誘ってんだよ』

えっ、と顔を上げた楓太に、航平はにっこり微笑んだ。

『俺さ、お前のこと心配してるんだ』

『心配？　もしかして僕がオメガだから――痛っ』

航平は楓太の頭を平手で軽く叩き、『バーカ、ちげーわ』と笑った。

『俺が心配してんのはお前のその、超がつく引っ込み思案なところだ。オメガ云々より百倍問題だぞ。楓太、お前ガクチカどうするつもりなんだよ』

ガクチカ。「学生時代力を入れたこと」の略だ。三年生の夏から本格化する就職活動のエントリーシートで特に重要視されている項目のひとつだ。このままではガクチカが白紙になってしまう。漠然と抱えていた不安を正面から指摘され、楓太は少なからず狼狽えた。

『バイト……してるから』

『今のレストラン、まだ勤めて半年くらいだろ。その前のコンビニも数ヶ月だったし』

言い訳させてもらえば、コンビニを辞めたのは楓太ではなく店側の都合だったのだが、ガクチカにそんなことを書いても意味はない。四年間ひとつのアルバイトに勤しんだのならまだしも、転々としたバイト歴などなんの自己アピールにもならない。

『楓太、もうちょっと周りと関わった方がいいと思うんだ。おせっかいかもしんないけど』

楓太は俯いたまま静かに首を振った。基本おチャラけている航平が、いつになく真剣な口調で口説いてくる。本気で自分の就活を心配してくれているのだろう。

『実行委員って言ったって、人前でしゃべったり、どっかと交渉したりするばっかりが仕事じゃないんだ。委員会室の片隅で穴の開いたのぼりを繕ったりとか、そういう陰の仕事もいっぱいある。ていうかそっちの方が多いかも。ほら楓太、手先器用じゃん』

幼い頃から外遊びより、家で本を読んだり姉と一緒にあやとりや刺繡をしている方が楽しかった。よって手先は無駄に器用だ。

『のぼりを繕うくらいなら……』

思わず呟いたひと言を、航平は聞き逃さなかった。善は急げとばかりにそのまま実行委員会室に連行され——現在に至る。楓太は事務的な仕事全般を担当する総務局に入った。ちなみに航平の所属は各種イベントを運営管理する企画局。今年は局長だ。生来の引っ込み思案は健在だが、二年目の今では仲間たちと過ごす時間を楽しめるようになっていた。

「もし東門が使えないとなると、イルミネーションの位置とかも変えないとだな」

「よさげな場所、早めに当たりつけておいた方がいいね」

暑い、死ぬ、と繰り返しながら、ようやく事務棟に近づいてきた時だ。

「あっちだよ！　ほら、池の向こう！」

「あっ、今チラッと見えた！　ヤバイ、本物だ！」

数人の女子学生が、ものすごい勢いで楓太たちを追い越していった。

「……なんだ、あれ」

航平が首を傾げ、次いで駆けてきた女子学生を捕まえた。

「ねえ、あっちでなんかやってるの？」

彼女は肩越しに振り返り「ロケ！」と叫んだ。そして足を止めることなく「佐野宮柊が来てるの！」と言いながら風のように走り去っていく。

「佐野宮柊って、あの佐野宮柊か？」

「俳優……だよね、確か」

「ああ。腹立つくらいイケメンのな」

テレビも映画もあまり観ず、芸能界にはまったく関心のない楓太でもその名前と顔は知っている。ＣＭなどで見かけるし、何より周囲にも彼のファンは多い。

「あ、あそこだ。ホントにロケやってるわ」

彼女たちの向かう先、キャンパスの外れにある池の畔にちょっとした人垣ができていた。

撮影映えのするロケーションを持つ大学の敷地内では、こうして時折映画やドラマのロケが行われているのだと航平が教えてくれた。

「そうだったんだ……知らなかった」

言われてみれば、慶青のキャンパスはどこもかしこも美しい。重厚感を感じさせる瀟(しょう)洒(しゃ)な校舎の前には、銀杏(いちょう)の並木が走っている。並木道の先には青々とした芝生の庭が広がっており、学生だけでなく近隣の住民たちの散歩コースにもなっている。

「まあ、佐野宮柊クラスが来たのは初めてだけどな。ちょっと行ってみるか？」

楓太はふるんと首を横に振った。知らない人が大勢集まっている場所は苦手だ。

「俺、見てきてもいいか？　ナマ佐野宮を拝めるなんて最初で最後かもしれないから」

「いいよ。ここで待ってるから行ってきなよ」

「五分で戻る」

言い残すや、航平は二百メートルほど先にある池に向かって駆けていった。

「佐野宮柊……か」

別に腹は立たないけれど、確かに非の打ちどころのないイケメンだと思う。時々テレビで見かけるだけだが、画面越しにも彼の纏(まと)っている華を感じる。

——それに多分、あの人アルファだ。

どんな分野に進んでも人並み外れた活躍ができる。それがアルファだ。たとえ俳優の道に進まなくても、彼はきっと世間から賞賛される業績を残しただろう。

――ま、僕には関係のない話だけどね。

オメガに生まれついた楓太に、アルファとして生きる者の気持ちなど想像もつかないけれど、世間的な〝普通〟の枠から外れているという点においては、アルファもオメガも同じなのかもしれない。

そんなふうに思えるのは、抑制剤の存在が大きい。ヒートの症状を抑える抑制剤が開発される前は、オメガはヒートのたびに学校や仕事を休まなければならなかったし、否応なしにまき散らしてしまうフェロモンのせいで、不幸な事件に巻き込まれることも多かったと聞いている。抑制剤がなかったら、こうしてオメガであることを意識せず、人並みに大学生活を送ることも難しかっただろう。

加えて楓太は周りに恵まれている。幸いなことに航平を始め、楓太の周囲にはオメガに対して偏見を持っている者はいない。ありがたいことだと思っている。

銀杏の木陰でそんなことを考えていると、遠くから微(かす)かな笑い声が聞こえてきた。声のする方に何気なく視線をやると、池から数十メートル離れた芝生の広場で小さな男の子がふたり、きゃっきゃと歓声を上げながら遊んでいるのが見えた。

互いの麦わら帽子を相手に投げてキャッチしようとするのだが、届かなかったり飛びすぎたり、気まぐれな風に流されてしまったりと、なかなか同時に摑(つか)むことができずにいるようだ。

「可愛いな……」

楓太は思わず口元を綻ばせた。四、五歳くらいだろうか、揃いのTシャツと白いハーフパンツに身を包んだふたりは、左右入れ替わっても気づかないレベルでシルエットが一致している。顔や表情まではははっきりと見えないが、おそらく双子なのだろう。

ぼんやり眺めていると、ふたりが動きを止めた。そしておもむろにこちらに向かって手を振り始めた。

「おーいっ！」

「やっほーっ！」

子供特有の澄んだ高い声は、ふたつ重なって真っ直ぐに楓太のもとに届いた。

「え、僕？」

周囲をキョロキョロ見回してみるが、自分以外に人影はない。どうやらふたりは楓太に手を振っているようだった。無視するわけにもいかず小さく手を振り返した。するとふたりは「きゃっ」「わっ」と嬉しそうに顔を見合わせた。

「ちょっと……に……てくださぁい！」

「……来てくださぁい！」

風に邪魔されてはっきりとは聞き取れないが「こっちに来て」と言っているようだ。ふたりしてぴょんぴょんと飛び跳ねる様子が見事にシンクロして、本当に可愛い。

「来てって言われても……」

楓太は苦笑する。ロケの関係者の子供だろうか。もしかすると子役かもしれない。

――待ち時間が長くて飽きちゃったのかな。

航平が戻ってくるまで相手をしてやろうと手を振り返していると、ふたりの背後にすらりとしたワイシャツ姿の男性が現れた。彼に声をかけられたのだろう、ふたりは同時に後ろを振り返る。そんな動作までシンクロするのだなと楓太が微笑んでいる間に、三人は連れだってロケ現場の方へと歩いていってしまった。やはり撮影の関係者だったらしい。

「悪い、楓太、待たせた!」

息を弾ませ航平が戻ってきた。

「いやあ、めっちゃヤバかったわ」

「ヤバイって、何が」

「佐野宮柊。オーラがマジ半端なかった。〝ザ・スター〟って感じ? カチンコが鳴った瞬間、目が変わるんだよ。ああいうのを役に入るっていうんだろうな。イケメンだわイケボだわモデル体型だわ演技力抜群だわ、一体全体神さまは佐野宮柊に何物与えたんだよ」

一個でいいから俺にくれと、興奮気味に話す航平に、楓太は「へえ」と気のない返事をする。

「噂(うわさ)では佐野宮柊が口元を三ミリ緩めると三人、髪を掻(か)き上げると五人、ため息をつくと十人のファンが妊娠するらしいぜ」

「本当に?」

「や、知らんけど」

航平がすっとぼけるので、一緒に笑ってしまった。いずれにせよ楓太はスターにもイケメンにもまったく興味がない。

「ほら、急いでやることとやっちゃおうよ。広田くん、報告待ってるよ」

「おお、そうだった」

本来の目的を思い出したのか、航平は楓太と並んで事務棟へ向かって歩き出した。

「ところで知り合いでもいたのか? 今、あっちに手ぇ振ってただろ」

航平が池の畔を顎で指す。その先を視線で追ったが、双子らしき男の子たちの姿はすでになかった。

「ううん。暇だったから腕を回してただけ」

答えながら、なぜか楓太の目蓋には、飛び跳ねながら手を振るふたりの愛らしい姿が焼きついて消えなかった。

例年、大学祭実行委員会は夏休みから本格的に活動を開始する。委員会室の壁には『夏を制する者は学祭を制する』と、何代か前の委員長の書が掲げられている。

活動を終えて楓太が帰路に就いたのは、日の落ちる直前のことだった。夕暮れのキャンパスをひとりで歩いていた楓太は、ふと池の方へ目をやった。ロケ隊はすでに撤収したらしく、池の畔は静寂に包まれている。

——それにしても可愛かったな。

シンクロして飛び跳ねる姿を思い出して、ふらりとふたりが遊んでいた広場に足を向けた。芝生の真ん中に佇(たたず)んだ楓太は、傍らの木の枝に小さな麦わら帽子が引っかかっていることに気づいた。

——これって……。

手に取ったそれをひっくり返してみると、つばの内側に『そうすけ』と記名がされていた。きっとあの子たちのどちらかのものだろう。あらためてあたりを見回してみたが、日の暮れかかったキャンパスには人っ子ひとり歩いていない。

「困ったな……」

誰か残っていないかと念のために事務課を訪れてみたが、窓口はきっちりと閉じられ、中の灯(あか)りもすべて消えていた。楓太は少し迷ったが、一旦帽子を持ち帰り、明日事務課に届けることにした。帽子をなくした子はきっとがっかりしているだろう。早くその手に戻してやりたい。ふたりの姿を思い出しながら、そんなことを考えていた。

男女という性分類の外に「アルファ」「ベータ」「オメガ」という第二の分類が存在することが発見されて久しい。近年世界的に研究が進んでいるが、それぞれの特性には未だ詳細不明な部分も多い。

楓太は、法律で義務づけられている出生後の検査でオメガだと判明した。両親も姉もベータだし、親戚一同にもオメガはいない。生まれた病院でもオメガの誕生は初めてのことだったらしく、院内は一時騒然となったと後に母から聞かされた。

人口の圧倒的多数はベータだ。アルファの特性もオメガの特性も有しない彼らは、語弊を恐れずに言えば「普通の人間」だ。対してアルファは全人口の〇・一パーセント、オメガに至っては〇・〇一パーセント。非常に稀有な存在だ。

アルファの特徴は、なんと言ってもその恵まれた体軀と頭脳だろう。生まれた時からあらゆる面において有能であり、ゆえに社会的職業的地位の高い者が多い。学術、芸術、スポーツなど、どんな分野に進んだとしても他を圧倒する才能を発揮する。

オメガの特徴は、男女を問わず妊娠出産が可能だということに尽きる。男性オメガはその体内にオメガ宮と呼ばれる特殊な子宮を有し、子供を孕むことができるのだ。およそ三ヶ月に一度のサイクルで訪れる発情期はヒートと呼ばれ、その時期に発するフェロモンは性的な意味においてアルファを刺激する。

楓太が初めてヒートになったのは、十六歳の冬だった。風邪のような症状が続いたある日、突然下半身が疼き出した。少し前から予感はあったので、あらかじめ医師に処方してもらっていたオメガ用の抑制剤を服用すると、症状はうそのように消えた。以来およそ五年間、そろそろヒートだなと感じると先んじて抑制剤を飲むようにしている。

翌日、楓太は小さな麦わら帽子の入った紙袋を手に事務課を訪れた。

「すみません」

声が小さかったのか、返事がない。

「あの、すみません」

少し腹に力を入れて声を出すと、「はい」と、窓口の女性事務員が顔を上げた。

しどろもどろに事情を説明しようとすると、女性事務員が突然「あっ、それ」と楓太の手にしたものを指さした。楓太はビクンと身を竦める。

「その帽子、どこにあったの？」

「え？ あ、ええと、芝生の広場ですけど」

きょとんとする楓太に、女性事務員は紛失届が出されているのだと教えてくれた。届を出したのはやはり、ロケの関係者だという。

彼女は申し訳なさそうに「きみに届けてもらっていいかな」と楓太を見上げた。

「ぼ、僕がですか？」

聞けば夏休み中の事務課は三人体制なのだが、他のふたりが外出中なのだという。

「届けてと言われましても……」

楓太は帽子の持ち主の『そうすけ』が、どこの誰なのかも知らない。

「ロケの場所、教えるから」

今日はキャンパス内の別の場所で昨日のロケの続きが行われているらしい。

「今日の場所はね、ここ。七号棟の裏庭よ。一度七号棟に入って――」

ご丁寧にキャンパスの案内図を取り出し、女性事務員はロケの行われている場所に赤丸で印をつけてくれた。

「本当は私が行きたいのよ？　柊の大ファンなんだから」

ほら、と彼女が見せてくれたスマホの画面に視線をやると、非の打ちどころのないイケメンが、クールな色気を湛えた表情でこちらを見つめていた。

「今この瞬間、柊と同じ空気を吸っていると思うだけで、心臓がきゅんとするのよね。できることなら、ここをきみに任せて今すぐ私が届けに行きたいくらい」

できればそうしてくださいと喉まで出かかったが、どうにか呑み込んだ。

「ああ神さま、どうかお昼休みまでロケが終わりませんように」

祈りを捧げ始めた彼女に背を向け、楓太はとぼとぼと歩き出した。

貧乏くじを引いたなと嘆息しながら、実は胸の片隅にちょっとした期待を抱いていた。

――あの子たちに、また会えるかな。

紛失届が出されているということは、あの子たちはやはり子役、もしくはロケの関係者の子供なのだ。今日も来ている可能性が高い。

——来ているといいな。

心持ち急ぎ足で七号棟に向かう。裏庭に出るには一度七号棟に入り、裏の通用口から出なければならない。赤丸の位置を思い出しつつ建物に入った時だ。

「おい」

背後から低い声がした。驚いて後ろを振り向くと、一番手前の講義室の前に長身の男が立っていた。薄暗い廊下に立つ男は、シルエットだけでもそうとわかるほどスタイルがよかった。身長は優に百八十センチを超えているだろう。恐ろしく手足が長い。この真夏に、かっちりとしたスーツを着込んでいる。

「それ」

男が楓太の手元を指さしながら、ゆっくりと近づいてくる。小ぶりの紙袋からは、小さな麦わら帽子のつばが覗(のぞ)いていた。

「その帽子——」

三メートルほどの距離まで近づいた時、廊下の暗さにようやく慣れた目が、男の顔をはっきりと捉(とら)えた。その瞬間、楓太は思わずヒュッと息を吞んだ。

——佐野宮柊……。

完璧なアーチを描く眉に、どこかひんやりとした色を宿す瞳。硬質なまでに真っ直ぐな鼻筋、そして男の色気を感じさせる少し厚めの唇。まるで神さまが美の神髄を結集したようなその面立ちに言葉を失くしていると、不意に下腹がずうんと重い熱を帯びた。

——え、まさか……。

「……っ」

ドックン、ドックン、と心臓が鳴る。急速に高まっていく鼓動と、下半身の熱が直結するまで、ものの数秒しかかからなかった。

「お前、まさか」

柊が息を呑む。その瞳の奥に宿った光を目にした途端、足の力がガクンと抜けた。思わず廊下の壁に手をつく。身体の芯がどろりと溶け出すような感覚に楓太は気づいた。

——やっぱりこの人、アルファだ。

アルファと接近したことでヒートが起こってしまったのだ。

「おい」

「……な……でっ」

近づかないで。そう伝えたいのに唇が戦慄いて言葉を紡げない。逃げなくてはと思うのに、身体が言うことを聞かない。

——抱かれたい。

今すぐこの人に抱かれたい。太くて硬いもので、最奥をぐちゃぐちゃにしてほしい。

理性を津波のような欲望が易々と呑み込んでいく。楓太は息を切らし、濡れた瞳で目の前の柊を見上げた。ゴクリと上下した柊の喉仏が、ひどくエロティックに見えた。

「来い」

すべてを察したのか、柊は楓太の手首を掴むと、おそらく今までそこにいたのであろう傍らの講義室に引っ張り込んだ。夏休みの講義室に人影はなく、なぜかすべての窓にきっちりとカーテンが引かれていた。

廊下と同じように薄暗い部屋に入るや、柊は楓太の眼鏡を剝ぎ取った。そしてその身体を力いっぱい抱きしめると、そのまま楓太の頸筋に鼻を押しつけた。

――うわっ。

匂いを嗅がれているのだと気づいた途端、身体の奥にカッと火がついたのがわかった。

「……あ……」

溶ける。いや、溶かされる。溶かされたい。この人に。どろどろに。したい。早く。したい。欲しい。この人が。この人の熱が。僕の中に……来て。

思考が断片的になっていく。何も考えられなくなり、楓太は柊の太腿に硬くなった自分のものをぐりぐりと押しつけた。

――欲しい、欲しい、欲しい。

激しい欲望が楓太を支配した。柊は舌打ちをしながらスーツの上着を乱暴に脱ぎ捨てると、戦慄く楓太の身体を講義室に据えつけられた長机の上に押し倒した。

覆いかぶさってきた唇が、楓太の唇を塞ぐ。

「……っ……」

歯列を割り、分厚い舌が入ってくる。貪り合うように舌を絡ませるうちに、後ろの孔が じっとりと濡れてくるのがわかった。

——欲しい、もっと、もっともっと！

柊の逞しい身体に抱き縋った時、廊下から誰かの声がした。

「佐野宮さーん」

その声に、楓太の背中をまさぐっていた柊の手が止まった。

「佐野宮さーん、着替え終わりましたか？　こっち、準備完了です！」

呼びかけに、柊は我に返ったようにキスを解いた。凶暴な欲望の色を宿していた瞳が、すーっと正気に戻っていく。代わりに浮かんだのは戸惑いの表情だ。

「はい、今行きます！」

廊下に向かって叫びながら眉根を寄せ、柊は楓太の身体を解放する。その表情がひどく名残惜しそうに見えたのは気のせいだろうか。

「ここで待っていろ。すぐに戻るから。いいな」

柊は奪い取った眼鏡を楓太の胸に押しつけると、上着を手に講義室を出ていってしまった。取り残された楓太は、しばらくの間仰向けのまま動くことができなかった。

——なんで、こんなことに……。

夢でも見たのだろうかと思ったが、濡れたままの唇がそうではないと証明している。佐野宮柊と接近したことでヒート状態になり、キスを交わした。俄かには信じられない事実に、楓太はただ呆然とする。

——とにかくここから逃げなくちゃ。

楓太はのろりと上半身を起こす。頭の芯が痺れたようにボーッとしていたが、幸いなことに欲望の波は収まりつつあった。

柊は「すぐに戻る」と言っていた。もう一度顔を合わせてしまったら……。想像したら背中がぞくりとした。楓太は震える手で眼鏡をかけると転がるように講義室を飛び出した。

そこからどうやって自宅アパートに戻ったのかよく覚えていない。部屋のドアを開けるまで一切のものが目に入らず、何も考えられなかった。

あの淫靡なキスが自分のファーストキスだったと気づいたのは、戦慄く手でドアに鍵をかけ、玄関の三和土にへなへなと崩れ落ちた後だった。

「あ、並木来てたんだ。もう体調大丈夫なのか？」

「おかげさまで。心配かけてごめん」

「何言ってんだ。この暑さだもん。無理すんなよ」

三日ほどアパートに籠もっていた楓太は、この日ようやく委員会活動に復帰した。「夏風邪をひいちゃって」という欠席理由を疑う者は幸いひとりもいなかった。

四日前、楓太は生まれて初めてのキスを経験した。相手は俳優の佐野宮柊。もちろん思いを通じ合わせてのキスではない。愛も恋も好きも、清々しいほどなかったけれど、ある意味合意の上のキスだったのかもしれない。

それにしてもなぜあんなことになったのか。あれから四六時中そのことばかり考えている。講義室にしっかりカーテンが引かれていたのは、演者の更衣室として使用していたからだ。あの時スタッフらしき人が彼に声をかけなければどうなっていただろうと思うと、ゾッとするのと同時に身体の奥の火照りが蘇りそうになるのだった。

込み上げてくるマグマのような凄まじい欲望だった。アパートに辿り着く頃には症状は消えていたから、十中八九柊と近づいたことで励起されたものだ。これまでもアルファと思われる相手に接近したことは何度もあったが、あんな状態になったことは一度もない。

初めてのヒートから五年、三ヶ月ごとのヒートサイクルが狂ったことは一度もなかったのに。不安になりかかりつけのクリニックを訪れてみたが、予想通り医師の答えは『よくわからない』だった。近年研究が進んできているとはいえ、第二の性に関することは未解明の部分も多い。念のためにしばらくの間はヒート時以外にも抑制剤を服用したいと伝えると、医師は快く処方してくれた。最近の抑制剤は、ほとんど副作用がないらしい。

——本当にキスしたんだよな……佐野宮柊と。

ねっとりと絡みつく舌の感触、頬にかかる荒々しい吐息、背中をまさぐる大きな手のひら。あれこれ思い出すたび、下半身の熱がぶり返しそうになる。キスをきっかけに身体が変わってしまったような気さえする。

「どうしたんですか、並木さん」

後輩の女子に尋ねられ、楓太は「へ？」と瞬(まばた)きをした。

「さっきからずっと、唇擦(こす)ってますよね」

「あ、いや、別に……」

柊とのキスを思い出して、無意識に唇に触れていたらしい。楓太は顔を赤くして「ちょっと飲み物買ってくる」と委員会室を出た。最寄りの自販機でスポーツドリンクを買う。喉が渇いて仕方がないのは、気温のせいばかりではなさそうだ。

忘れようとしても忘れられるわけがない。忘れたい。でも忘れたくない。自分の気持ちがわからない。揺れる気持ちを封じ込めるように、冷たいスポドリを喉に流し込んだ時だ。

「すみません、並木楓太さんですか？」

背後から突然声をかけられ、楓太は後ろを振り返った。立っていたのはスーツ姿の見知らぬ男性だった。少し神経質そうな面持ちに、見覚えはなかった。

「そうですけど」

訝(いぶか)っていると、男は内ポケットから名刺入れを取り出し、楓太に一枚差し出した。『(株)エンターポラリス　白坂東矢(しらさかとうや)』と印字されたそれに視線を落としていると、男性が「佐野宮柊のマネージャーの白坂と申します」と自己紹介をした。

飛び出した名前に、楓太は弾(はじ)かれたように顔を上げた。

「実は佐野宮が、あなたにお礼をしたいと申しておりまして」

「お礼？」

礼を言われる理由が思いつかず困惑していると、白坂が「少々お時間いただけますか」と尋ねてきた。

「あの、人違いじゃないでしょうか」

「経済学部三年で、学園祭実行委員会総務局の並木楓太さん。身長は百六十五センチ前後で痩せ型、黒髪で前髪長め、色白、黒縁眼鏡。人違いの可能性は限りなく少ないかと」

どこで調べたのか、白坂は無表情のまま淡々と楓太のプロフィールを並べた。

「四日前、ロケの更衣室になっていた講義室で、佐野宮と接触されましたよね」

ドクンと心臓が跳ねた。白坂はあのキスのことを知っているのだろうか。礼がしたいというのは表向きで、柊とのキスを咎めるつもりなのだろうか。腋に嫌な汗が流れる。

「お手数ですが、ちょっとそこの駐車場まで一緒に来てもらえないでしょうか」

「あの、えっと、僕、今日は実行委員会が」

「お時間は取らせません。五分で済みますので。どうぞこちらへ」

口調は丁寧だが強引な性格らしい。楓太は仕方なく白坂の後についていく。しかしどうやら車でどこかに連行されるわけではなさそうだとわかり、少しだけホッとした。

早足で歩きながら、白坂が斜め後ろの楓太を振り返る。

「つかぬことを伺いますが、並木さん、今日は抑制剤を服用なさっていますか？」

「えっ」

連絡先でも尋ねるような事務的な口調に、反射的に「はい」と頷いてしまった。

「そうですか。一応こちらでもご用意させていただきましたが、服用していらっしゃるなら大丈夫ですね」

「えっと」

「ご存じかもしれませんが佐野宮はアルファです。並木さんはどうやらオメガのようですので、失礼ながら念のために」

「あの」

「佐野宮の方も事前に抑制剤を服用していますからご心配なく——どうぞ、こちらです」

何がなんだかわからないうちに駐車場に着いてしまった。案内された場所には、黒塗りの高級ワンボックスカーが停まっていた。

スライドドアがすーっと開く。

目の前に降り立った人物の姿に、楓太は呼吸を止めて固まった。

「やあ」

佐野宮柊が軽く片手を上げた。先日のようなかっちりとしたスーツ姿ではなく、今日の柊は黒いキャップを被り、同じく黒いTシャツにジーンズというラフでシンプルな服装だった。それなのに纏っているオーラはやはり恐ろしいまでに〝ザ・スター〟だった。

白坂は柊に「五分だぞ」と耳打ちすると、楓太に一礼し、車の運転席に収まった。

柊がキャップを脱ぐ。

「並木楓太くん、だね」

真正面に現れた世にも美しい顔に、眼鏡をずり下げてほえ〜っと見惚れていると、柊が微かにその口元を緩めた。三ミリで三人妊娠するという航平の言葉を思い出し、背中がぞくりとした。

「先日はありがとう」

「えっ、あっ、はい、えっと」

何に対する礼なのかさっぱりわからず、楓太は困惑する。

――ていうかこの人キスのこと忘れてる？　まさかキスのお礼とか……。ない。それは絶対にない。脳内大混乱状態の楓太は、直立不動で口をパクパクさせる。すると柊はさらに口元を緩め、長い指でさらりと前髪を掻き上げた。

――うわ、五人妊娠……。

礼は礼でもヤバイ人たちが言うところのお礼参りのことだったりして？　と不安が過ったところで、柊がその形のよい口を開いた。

「麦わら帽子。届けてくれて助かった」

「麦わら……あっ」

すっかり忘れていたが、パニックを起こしていた楓太はあの講義室に麦わら帽子の入った紙袋を置き忘れたまま帰ってしまったのだ。確か柊はあの時、楓太が携えていた紙袋を指さして『その帽子――』と言った。

――そうか、あの子たち佐野宮さんの子供だったのか。

ようやく合点がいった。お礼参りではなさそうで安堵した。

「夜家に帰ってから、麦わら帽子がないと大騒ぎされて参った。先月お揃いで新調したばかりのお気に入りだったんだ」

翌日ロケが始まる前に広場のあたりをくまなく探したが見つからず、スタッフを通して大学側にも紛失届を出していたのだという。

「夜露に濡れたら形が変わってしまうところだった。拾ってくれてありがとう」

「……いえ、そんな」

互いに抑制剤を服用しているせいか、こうして一メートルほどの距離で話していても身体に変調は起きない。それでもさっきからトクトクトクと心臓がうるさいのは、スターのオーラにやられているからだろう。

——本当にこの人とキスしたのかな……。

柊はキスのことなど完全に忘れている様子だ。やっぱり覚えているのは自分だけなのだろうか。そもそも現実にあったことなのか、時間の経過と共に不確かになってくる。

「持ち帰った夜は大はしゃぎだった」

はしゃぐふたりの姿を思い出したのだろう、柊の瞳に柔らかな色が滲む。

「可愛いですね。双子なんですか？」

なんの気なしに尋ねると、柊がさっと表情を変えた。

「あの子たちに会ったのか」

硬い口調で問われ、楓太は半歩後ずさる。

「あ、会ったというか」

一緒にいた友達がロケ見物に行ってしまい、暇に任せてボーッとしていると、ふたりがこちらに手を振ってきたので可愛いと思って振り返した。あの日あったことをそのまま伝えると、柊は「そうだったのか」と表情を和らげた。

——そっか。有名人の子供だもんね。

柊は息子たちが犯罪に巻き込まれることを心配しているのだろう。

「しかし、本当にあいつらがきみに手を振ったのか？　見間違いじゃなくて？」

「そう思って周りを見回したんですけど、やっぱり僕しかいなくて。だから多分僕に向かって振ったんだと思います」

「そうか……」

「遊んでほしかったのかと思いました。『こっちに来て』って呼ばれたので」

「呼ばれた？　本当に？」

距離もあったし、声が風に流されてはっきり聞き取れたわけではない。ただそれでも楓太には、ふたりが自分を呼んでいたように思えてならなかった。

「僕にはそう聞こえた気がしました」

「……そうか」

何か思うところがあるのか、柊は一瞬視線を落として考え込む様子を見せたが、おもむろに「並木くん」と顔を上げた。

「今夜、何か予定はあるか？」

「今夜ですか？　委員会の後は特に何も」

「だったら食事でもどうだ」

思いがけない誘いに、楓太は「えっ」と大きく目を見開いた。

「実はあれからチビたち――奏介と耀介が、帽子を拾ってくれた人にお礼をしたいから家に連れてきてってうるさいんだ」

つばの裏に書かれた『そうすけ』の文字が思い浮かんだ。

「お礼なんて、そんな」

「俺もきみにお礼がしたい。迷惑でなかったら、ぜひ」

「めっ、迷惑だなんて」

楓太は眼鏡がふっ飛びそうな勢いで首を横に振った。

「じゃあ決まりだ」

とんとん拍子で話が進み、柊と連絡先を交換したところで運転席から白坂が降りてきた。

「柊、時間だ」

「わかってる」

柊は白坂に向かって片手を上げると、楓太の耳元で囁いた。

「後でまた連絡する」

「……っ」

低音ボイスに耳朶を擽られ、全身の産毛がぶわりと逆立つ。

じゃあな、と完璧な笑みを残し、柊はひらりと車に乗り込んだ。楓太は返事をするのも忘れて黒いワンボックスカーのテールランプを見送った。

「食事？　佐野宮柊と？」

信じられないことの連続に、脳の回転がついていかない。楓太は呆けたような顔のまま、しばらくのその場に立ち尽くしていた。

どこかのレストランでの会食かと思っていたが、柊が指定したのはなんと彼の自宅だった。驚いたけれど、すぐにさもありなんと思い直す。幼い子供と一緒の外食はいろいろと気を遣うに違いない。それでなくとも超のつく有名人なのだ。自宅の方が人目を気にせずゆっくり食事ができると判断したのだろう。

駐車場での約束から数時間後、楓太は都内の高級住宅街にある佐野宮邸の門をくぐった。迎えのハイヤーから降りると、豪邸と言って差し支えない瀟洒な屋敷が目に飛び込んできて、いやが上にも緊張が高まった。

あれから一度自宅アパートに戻った楓太は、早速パソコンを開いて佐野宮柊について調べた。芸能界にまったく興味のない楓太は、柊のプロフィールをほとんど知らない。食事をご馳走になるのだから、たとえ実際に観ていなくても、代表的な出演作のタイトルくらいは覚えていくのが礼儀だと思ったのだ。

インターネットで調べた結果、楓太は意外な事実を知ることになる。

幼稚園の年中組に通う双子、奏介と耀介は、なんと柊の子供ではなかった。

佐野宮家は柊の祖父の代から続く芸能一家だ。柊の父・佐野宮玄(げん)もまた日本を代表する名優だった。日本人なら知らぬ者はいないだろうというほどの知名度と実力を誇っていた玄は、その頃世の男たちを虜(とりこ)にしていた人気女優・高峰(たかみね)マリアと結婚した。ほどなく柊が生まれたが、彼が小学校に上がった年にふたりは離婚。親権はマリアが得た。

その後も方々で浮名を流した玄だったが、五年前、再婚を果たした。相手は柊とさほど歳(とし)の違わない一般女性で、ふたりの間に生まれたのが奏介と耀介だった。年齢を重ねてから授かったふたりの息子たちを『目に入れても痛くない。俺の宝』と公言して憚(はばか)らないほど溺愛していたが、幸せな暮らしは長く続かなかった。二年前、妻と共に不慮の事故で急死したのだ。享年七十だった。

柊は当時三十一歳で、すでに俳優として第一線で活躍し、飛ぶ鳥を落とす勢いだった。寝食もままならないほどハードなスケジュールをこなしていたが、無理を承知でふたりの弟を引き取り、自分の手で育てると決めた——。

緊張に震える指で呼び鈴を押すと、しばらくして柊本人が出迎えてくれた。

「よく来てくれたな」

「ほっ、本日はお招きにあずかりまして——」

「堅苦しい挨拶はいい。入れ」

白いコットンシャツに着替えた姿も、やっぱりため息が出るほど絵になっている。

「奥であいつらが待ちかねている。まだかまだかって、うるさいのなんの」

柊が肩を竦める。帽子を拾っただけなのにそんなに待ちわびてくれていたなんて、なんだか申し訳ない気分になった。

玄関から真っ直ぐに延びた廊下は、幅も長さも規格外だ。西側の壁に並んだステンドグラスから差し込む夕日が、東側の壁に色とりどりの模様を描いている。まるで美術館みたいだと見惚れていると、斜め前を歩く柊が突然歩を緩めた。

「この間のあれだが――すまなかった」

柊がゆっくりと振り向く。「あれ」と濁した気持ちが痛いほどわかり、楓太は頬を赤くして俯いた。

「い、いいえ、あれは佐野宮さんのせいじゃ……」

オメガがヒート時に抑制剤を服用せず、故意にアルファを誘えば、場合によっては罪に問われることもある。無論楓太は意図を持って柊に近づいたわけではないが、それでもヒート時に近い状態でフェロモンを漂わせてしまったことには違いない。防備する間もなかった柊にしてみれば、予測不能な事故に巻き込まれたようなものだ。

「今日は朝からちゃんと薬を飲んでいるから安心してくれ」

「……すみません」

柊は何も悪くないのに、気を遣わせてしまっていることが居たたまれない。そんな楓太の気持ちを知ってか知らでか、柊は「こっちだ」と奥へ向かって歩いていく。

案内された広大な空間に、楓太は思わず「わあ」と感嘆の声を漏らした。

部屋全体が二層吹き抜けになっている上に、庭に面した壁はほとんどがガラスの開口部となっているので開放感が半端ない。一面緑の芝生で覆われた庭は、ちょっとした公園ほどの広さがある。芝生を囲むように植えられた高低様々な木々は、外部からの視線を防ぐ役割も兼ねているのだろう。

何平米あるのか想像もつかない広大なリビングルームの中央には、シンプルでスタイリッシュな応接セットが鎮座していた。

楓太の脳裏にさっきネットで読んだばかりの記事が過った。

『佐野宮柊は現在、亡父・玄が建てた豪奢な邸宅に移り住み、遺児となったふたりの弟を育てている』

遅くに生まれた息子たちを愛してやまなかった玄は、彼らのためにこの豪邸を建て、成長を楽しみにしていたという。柊はそんな亡父の思いを継ごうとしているのだろう。

「おい、お前たち、そんなところに隠れていないでちゃんと挨拶をしなさい」

——へ？　隠れている？

楓太がきょろきょろしていると、東側のドアが静かに開き、男の子がふたり、こちらを窺うようにそろりそろりと顔を出した。ふたりして揃いの麦わら帽子を被っている。

――あの時の子たちだ。

わざわざ帽子を被って待っていてくれたのだ。喜びが胸に湧き上がってくる。ふたり並んでおずおずと部屋に入ってきた。と思ったらそのまま柊の後ろに隠れてしまった。

「こら、ふたりともちゃんと挨拶する約束だろ?」

柊が弟たちを自分の前に並ばせた。ふたりはしばらく互いに顔を見合わせてもじもじしていたが、やがて左側の子がぺこりと頭を下げた。

「こんにちは」

続いて右側の子も「こんにちは」と恥ずかしそうに呟いた。間近で見てもまったく区別がつかないほどよく似ている。間違いなく一卵性双生児だろう。そしてふたりとも幼児らしからぬ整った顔立ちをしていた。

――佐野宮さんに似てる。

名優と謳われた玄を父に、日本を代表するイケメン俳優を異母兄に持つふたりは、四歳にしてすでにずば抜けた顔面偏差値を叩き出していた。

「奏ちゃんの帽子を、拾ってくれて、ありがとうございます」

「奏ちゃんの帽子を、届けてくれて、ありがとうございます」

ふたりにぺこりとお辞儀をされ、楓太は思わず破顔する。

「いえいえ、どういたしまして」

頭をぽりぽり掻きつつ、一体どちらがどちらなのだろうと内心戸惑っていると「自己紹介をしなさい」と柊がふたりに促した。先に一歩前に出たのは左側の子だった。

「佐野宮耀介ですっ、四さいですっ」

照れているのか、かなり早口だ。そして若干おどけている。

「佐野宮奏介です。……四さいです」

奏介はさっきからずっと自分のTシャツの裾を弄っている。緊張が解けていないのかもしれない。

「並木楓太です。よろしくね」

にっこり微笑むと、ふたりは大きな目をさらに大きく見開き、互いに顔を見合わせた。

何かおかしいことを言っただろうかと首を傾げていると、耀介が口を開いた。

「人間にも、ふうたって子がいるんだね」

「え?」

「タンポポようちえんのワンコもね、ふうたっていうの。すっごくかわいいの」

耀介が嬉しそうに言った。どうやらふたりが通っている幼稚園で飼っている犬も『ふうた』という名前らしい。

「ちょっと耀ちゃん、しつれいだよ」

小声で奏介が窘めるが、耀介はきょとんとしている。

「なんで？」

「だって……」

「『ふうた』ってよぶとね、ワンッ、てお返事するの。すんご～くかわいいんだよ」

ね？　と相槌を求められた奏介は、戸惑ったように「うん」と小さく頷いた。

「あはは、幼稚園のワンちゃんと同じ名前だったんだね。奇遇だな」

犬と同じ名前。楓太は眉尻を下げて半笑いするしかなかった。

「お前たち、いきなりなんて失礼なことを……すまない、気を悪くしないでくれ」

恐縮する柊に、楓太は「全然」と笑った。キャンパスで突然手を振られた時、あまりの可愛さにまたどこかで会えたらいいなと思っていたけれど、こんな形で再会が叶うとは思ってもみなかった。

こんなに可愛らしい子供たちと暮らしたら、さぞかし幸せだろうなと思う。しかし育てるとなれば「可愛い」ばかりも言っていられないのだろう。芸能界の最前線で活躍しながらとなればなおさらだ。

「夕食までまだ少し時間がある。適当に座って休んでいてくれ」

柊はそう言ってくれたが、楓太にはさっきからひとつ気になっていることがあった。

「奏介くん、帽子、ちょっと見せてくれる？」

　自分から話しかける時は相手が子供でも赤ちゃんでもドキドキするのに、奏介と耀介に対しては不思議と自然に声をかけることができた。

　奏介はコクンと頷き、素直に帽子を脱いで差し出した。つばの上にぐるりと巻かれた白いリボンに、子供用の絆創膏が貼られている。

「やっぱり」

　真正面に当たる場所だったので、対面した瞬間に気づいたのだ。すると柊の長い手が伸びてきて、楓太の手から帽子を取り上げた。

「奏介、大事な帽子にイタズラしちゃダメだろ」

　柊が絆創膏を剝がそうとすると、耀介が「ダメ！」と叫んだ。

「奏ちゃんのお帽子、ケガしてるの」

「怪我？」

「だから耀ちゃんが、手当てしてあげたんだよ」

「手当てって、穴でも開いたのか？」

　柊の問いかけに、ふたりは揃って頷いた。拾った楓太も気づかなかったが、おそらく木の枝に引っかかった時、リボンに小さな穴が開いたのだろう。絆創膏の縁をほんの少し捲り、状態を確認した柊は、「大した穴じゃないじゃないか」と呟いた。

「絆創膏なんか貼ったら余計に目立つだろ。剝がすぞ?」

奏介は黙って顎を引いたが、その視線は穴の開いていない耀介の帽子に注がれていた。やはり気になるのだ。

楓太は絆創膏を剝がそうとしている柊に「ちょっと待ってください」と声をかけた。

「なんだ」

チラリと睨まれた気がして、ドクンと心臓が鳴った。

自分は今、ものすごく余計なことをしているのではないか。そんな思いが過ったが、小さな口をきゅっと一文字に結んでいる奏介を見て、勇気を振り絞る。

「ぼ、僕に修繕させてもらえませんか?」

「修繕?」

楓太は自分のバッグから、いつも持ち歩いている携帯用の裁縫セットを取り出した。

学祭実行委員会での楓太の主な役割は小道具類の修繕だ。予算の都合上頻繁には買い換えられない法被やのぼり、出店用の暖簾などのちょっとした綻びはすべて楓太が修繕する。

幼い頃から内気で手先が器用なことくらいしか取り柄のない自分だから、そんなことでも誰かの役に立てることが素直に嬉しい。楓太は奏介の前にしゃがんだ。

「奏介くん、船が好きなの?」

奏介と耀介は、船が描かれた揃いのTシャツを着ていた。奏介はやや不安げに首を縦に動かした。

「それと同じ船で、帽子の怪我、治してあげようか」

奏介が俯けていた顔をハッと上げた。

「……なおるの？」

「うん。上手にはできないかもしれないけど」

楓太は立ち上がり、柊の方を向き直る。

「穴のところに刺繍を施しても構いませんか？」

「ああ、構わないが……いいのか」

楓太は「はい」と微笑み、裁縫セットの中から刺繍糸と針を取り出した。携帯用の簡易セットだが、幸いなことに青、水色、赤といった使えそうな色が揃っていた。本来なら図柄を描いて専用の紙に転写し、その上から刺繍を施すのだがそれでは時間がかかりすぎる。小さな船ひとつくらいなら、フリーハンドでいけそうだ。

白いリボンに鉛筆で船の図柄を描く。船体は水色。船首から船尾にかけて濃い青のラインを入れる。煙突部分に描くファンネルマークは奏介の〝S〟。あっという間に頭の中でデザインが決まった。

まずは船体を水色の糸で埋めていく。チェーンステッチはどうしても端のラインがギザギザになってしまうので、白のアウトラインステッチで締めた。無地だったリボンにみる間に船が現れる様子に、奏介も耀介も大興奮の声を上げた。

「船だ！」

「船だ！」

右から耀介が、左から奏介が食い入るように覗き込んでいる。いつの間にか柊までが正面から楓太の手元をじっと見つめていた。

——顔が……近い。

ドキドキしながらも楓太は手を止めなかった。早く奏介の笑顔が見たい。

「すごい！」

「手品みたい！」

楓太は笑いながら手を動かす。ものの二十分ほどで、赤い〝S〟のファンネルマークが凛々しい、船の刺繍が出来上がった。

「できた。はい、どうぞ」

麦わら帽子を渡すと、奏介がぱあっと花が咲くように破顔した。

「ありがとう！　楓太くん！」

帽子を被った奏介がクルクルと回る。嬉しそうな様子に、楓太も笑顔になる。

「大したもんだな。本当に手品みたいだった」

柊が真顔で唸った。

「そんな大層なものじゃ」

「謙遜することはない。十分に誇っていい特技だぞ」

「あ……ありがとうございます」

真っ直ぐな褒め言葉が嬉しくて頬が火照る。陰キャだった楓太にいつも優しく刺繍を教えてくれた姉に、心の中で感謝した。

「いいなぁ……奏ちゃん」

耀介が呟く。そう来るだろうことは最初から予想がついていた。

「耀介くんのにも、船、刺繍する？」

「いいの？　耀ちゃんのお帽子にも、ししうしてくれるの？」

「もちろん」と頷くと、耀介は「やったあ！」と叫んで飛び上がった。柊は「ししゅう、な」と苦笑しながら「いいのか？」と楓太を振り返る。

「大丈夫です。簡単なデザインなので」

「悪いな。しかしそろそろ夕食の準備ができる頃だから、続きはその後にしよう」

柊が立ち上がった時、さっきふたりが隠れていたドアが開き、コックコートを着た男性が顔を覗かせた。

「佐野宮さん、食卓のご準備が整いました」

「ありがとうございます。さ、晩ご飯だ」

奏介と耀介が「わーい！」「わーい！」と飛び跳ねる。ふたりとも最初とは比べ物にならないほど明るい表情になっていた。

「行こうか」

柊の手がさりげなく楓太の背中に当てられた。その瞬間、ドクンと心臓が鳴る。

――大丈夫……大丈夫だから。

楓太は自分に言い聞かせる。念のためにいつもの倍量の抑制剤を飲んできた。下半身に熱は感じない。二度三度と深呼吸をすると、鼓動はすぐに収まった。

「どうした？」

「あ……いえ、お腹（なか）が空（す）いちゃって」

ドギマギとごまかす楓太に、柊は「たくさん食べてくれ」と口元を緩めた。三ミリで三人妊娠の威力を持つ横顔をなるべく見ないように、楓太はダイニングルームに続く廊下を俯いたまま歩いたのだった。

楓太の隣には奏介が、ダイニングテーブルを挟んだ向かい側に柊と耀介が座った。

柊は出張シェフサービスを頼んでくれていた。都内の有名レストランのシェフだった。パリの二つ星レストランに十年働いていたというだけあって、どの料理も思わず唸ってしまうほど上品で美味（おい）しかった。

「俺の手料理では、お礼じゃなくて嫌がらせになっちまうからな」

柊がさらりと冗談を飛ばす。そんなサービスがあることすら知らなかった楓太は、次々と出される料理の美味しさに目を丸くするばかりだった。

「美味しい……本当に美味しいです。こんなに美味しい料理食べたことないです」

己の語彙のなさに目眩がしたが、シェフは優しい笑みで「ありがとうございます」と軽く頭を下げてくれた。最初こそちょっぴり緊張していた奏介と耀介も次第に慣れてきたのか、料理が出されるたびにほっぺに手を当てて「おいしい」を連呼し始めた。

「う〜ん、このスープ、冷たくておいひい」

「柊くん、このお肉、すっごくおいひいね」

どうやらふたりは兄の柊を、「柊くん」と呼んでいるらしい。弟たちの味の報告に柊は「そうだな」「人参もちゃんと食えよ」「飲み込んでからしゃべりなさい」と返している。隣の耀介の口の周りを、かいがいしく拭いてやったりもしている。

――若いパパっていう感じだな……。

子供のいる食卓というのは賑やかで楽しいけれど、世話をしながら食べる柊はきっと落ち着かないだろう。耀介の零したレタスを拾いながら、急いで料理を口に運んでいる。

――大変そうだな。

ふと隣を見ると、奏介は耀介ほど食べ零しをしていない。性格なのだろう、どの料理も零さないように慎重に口に入れている。見た目は区別がつかないほど似ていても、中身まで同じではない。楓太は柊が手のかかる耀介を自分の隣に座らせたのだと気づいた。

――きっと僕が落ち着いて食べられるように気遣ってくれたんだ……。

クールで不遜なイメージのある柊の、心細やかな一面を垣間見た気がした。

食事を続けながらさりげなく観察していると、まったく見分けがつかないと思っていた奏介と耀介それぞれの性格が、その表情に色濃く表れていることがわかってきた。静かにじっと周囲を観察している奏介に対し、耀介は喜怒哀楽がはっきりしていて表情も豊かだ。

静の奏介くん――、動の耀介くん、といったところかな。

ほんの数十分の間に楓太は、会ったばかりのふたりをほぼ完全に見分けられるようになっていた。人の顔を覚えるのがそれほど得意ではない楓太にしては、珍しいことだった。

「春江さんのごはんもおいしいけど、シェフのお料理も、おいしいね」

「どっちも同じくらいおいしいね」

シェフは「それは大変光栄です」と笑った。春江さんって誰だろうと楓太が目を瞬かせていると、柊が「うちの家政婦さんだ」と教えてくれた。

「普段は通いの家政婦さんに、三食作ってもらっているんだ」

春江は玄が健在だった頃からこの家に通っている家政婦で、この日は昼過ぎに帰ってきた柊と入れ違いに帰宅したのだという。考えてみれば幼稚園のお迎えやら何やらを、忙しい柊がひとりでこなすのは到底不可能だろう。

賑やかな食事が終わり、四人はリビングルームに戻った。柊が淹れてくれた紅茶を飲みながら、約束通り耀介の帽子の刺繍に取りかかると、ふたりが楓太を挟むようにちょこんと脇に座った。完全に気を許してくれているようで嬉しくなる。

「ふうたくんだとさ、ようちえんの『ふうた』とまぎわらしいよね」

耀介が鹿爪らしい顔で腕を組んだ。

「耀ちゃん、まぎわらしいじゃなくて、まぎらわしいだよ」

「ちゃんとゆったよ？　まぎわらしいって」

「まぎらわしい、だってば」

「だからちゃんと、まぎわらしいってゆったってば」

楓太を挟んで飛び交う会話を、柊は向かい側のソファーに凭れて楽しそうに聞いている。

ひょいと組まれた足の長さに、楓太は「腹が立つほど」という航平の言葉を思い出した。

「ふうたくんのこと、ふうちゃんってよんでいい？」

耀介が楓太の腕を掴み、顔を覗き込む。

「ふうちゃんって、よんでいい？」

奏介も倣ったように腕に縋りつき、楓太の顔を覗き込む。両手に花状態だ。

「いいよ。僕も、奏ちゃん、耀ちゃんって呼んでいい？」

「いいよ！」

「いいで～～っす！」

ふたりはソファーを飛び降り、大喜びであたりをきゃっきゃと走り回った。

「こら、リビングを走り回るなといつも言っているだろ」

口では注意しながらも、なんだか柊まで嬉しそうだ。

「耀ちゃんね、きっとふうちゃん、来てくれると思ってた！」

「奏ちゃんも。ぜったいぜったい、ふうちゃん、来てくれると思ってたもん！」

走り回りながら、ふたりは「ね～」と笑顔で頷き合う。

「なあにが『来てくれると思ってた』だ。調子のいいやつらだな」

柊は鼻白むが、自分に向かって手招きをしていたふたりを知っている楓太には、彼らの言葉が口先だけのものだとは思えなかった。単に暇を持て余していただけなのかもしれないが、それでもこうして自分を歓迎してくれていることは素直に嬉しかった。

耀介の帽子の刺繍が終わるのを待たず、ふたりは揃ってソファーの上でこっくりこっくりと舟を漕ぎ始めた。はしゃぎすぎて疲れてしまったのだろう。柊は夏用のブランケットを取ってくるとふたりにかけてやり、傍らに腰を下ろし、ひとりひとりの頭をくりっと撫でた。

「こんな時間まで引き留めてしまって悪かったな」

出来上がった耀介の帽子を手渡すと、柊がすまなそうに詫びた。

「いえ。楽しすぎてつい長居をしてしまいました」

「構わないさ。もう一杯どうだ」

「それじゃ……遠慮なく」

もう一杯紅茶をもらうことにして、大きなテーブルを挟んで柊と向かい合って座る。双子が眠ってしまったリビングはやけに静かで、忘れていた緊張がじわじわと蘇ってくる。

「しかし驚いた」

紅茶をひと口飲むと、柊は「まさに手品だな」と呟いた。

「そんな……下手の横好きです」

「ああ、そうじゃない。刺繍の腕にも驚いたけど、俺が言っているのはチビたちの反応だ」

柊は横で眠る小さな弟たちに視線をやった。

「こいつらがほぼ初対面の相手にこんなに懐くなんて、俺にはまだ信じられない。慶青のキャンパスできみに手を振ったりしたことも」

「ふたりとも、そんなに人見知りなんですか」

「人見知りなんていう可愛いもんじゃない。ふたり揃って、決まった人間以外一切受けつけないんだ」

柊が言うには、ふたりが心を許している大人は、幼稚園の先生方を除けばこの世に四人だけだという。異母兄である柊、家政婦の春江、柊のマネージャーの白坂、そして柊の実母である高峰マリア。その四人以外の人間には一切心を開かないのだという。

「俺がこいつらを育てるに至った経緯は、大体？」

楓太は「はい」と頷いた。

玄夫妻の両親はすでに他界していた上に、夫婦どちらにも兄弟姉妹がおらず、遺児となってしまった双子を引き取ってくれる親類縁者は、柊をおいて他になかった。しかし芸能界のトップを張る柊のスケジュールは、二年先までびっしりと埋まっていた。周囲は口々に幼い異母弟を児童養護施設に預けるように勧めたが、柊は終ぞ首を縦に振らなかった。苦労は承知で半ば強引にふたりを引き取ったのだという。

「まあそういった事情で、この二年間四人で力を合わせてこいつらの面倒を見てきたんだ」

「あの日はふたりをロケに？」

「ああ。とうとうにっちもさっちもいかなくなって」

事故当時、柊の窮地に真っ先に手を差し伸べてくれたのは、実母の高峰マリアだったという。血の繋がらない、しかも離婚した男と再婚相手の間に生まれた子供だというのに、マリアは自分の仕事をセーブしてまで育児に手を貸してくれた。柊自身もいくつかの仕事をキャンセルせざるを得なかったが、マリアのおかげで致命的な穴を空けることなく今日までどうにかやってこられたのだという。

ところがそのマリアに連続ドラマの仕事が舞い込んだ。マリアの女優復帰を快諾したものの現実は厳しく、ついに初めてふたりを仕事場に連れていく羽目になってしまったのだと柊は言った。

「あの日は創立記念日とやらで幼稚園が休みだったんだ。春江さんに頼んでいたんだけど急用で来られなくなってしまって、やむなく現場で白坂に面倒を見てもらっていたんだ」

「そうだったんですか……」

あの時ふたりを連れていったワイシャツ姿の男性を思い出した。あれは白坂だったのだ。

「保育園に入れられればよかったんだが」

抽選に漏れてしまったため、仕方なく近所の幼稚園に通わせているのだという。

「シッターさんとか、頼めないんでしょうか」

余計なお世話と思いつつ尋ねてみる。しかし柊は静かに首を横に振った。

「何度も頼もうとしたし、実際に何人も来てもらった。でもことごとくダメだった」

ふたりの拒絶反応が激しすぎたのだという。子育て経験の豊富な中年女性、保育士資格を持っている若い男性、アイドルのような容姿の明るい女性——どんなシッターにもふたりは強い拒否反応を示したのだという。

「新しいシッターが来るとわかると、打ち合わせでもしたみたいに揃って泣き出すんだ」

泣くだけならまだいい。ある時は奏介が発熱し、またある時は耀介が突然嘔吐したという。

「ふたりして身体中に蕁麻疹を出したこともあったな」

「そんなに……」

確かにそれは人見知りのレベルを超えている。

「わざとやっているわけじゃないとわかってはいる。きっとこいつらも幼いなりに自分の中の何かと闘っているんだろうと。けどシッターをつけられないのは……正直参る」

――佐野宮さん……。

切なさを湛えたため息に、胸がきゅんとした。痛いくらいに。

テレビで見る柊はクールで落ち着いていて、時に不遜ですらある。ため息ひとつで十人のファンが妊娠すると航平は言っていたが、今目の前でため息をついた柊の視線は、幼くして両親を失った幼い弟たちに注がれている。

――僕じゃダメかな……。

唐突に浮かんだ思いに、一番驚いたのは楓太自身だったかもしれない。

ふたりは自分に手を振っていた。理由はわからないけれど、確かに自分を呼んだのだ。

「あの、僕……」

「ん？　どうした」

不意に視線が絡まり、楓太は続く言葉を呑み込んだ。柊はアルファだ。そして楓太はオメガ。互いに抑制剤を飲んでいても、過ちを百パーセント防げるという保証はない。

――またあんなことになったら……。

裸の欲望をぶつけるような荒々しいキスだった。本能的に恐怖は覚えたけれど、決して不快ではなかった。だからこそ怖かった。また同じことになったら、自分の中のまだ見ぬ自分をずるずると引き出されてしまうような気がする。

――やっぱり無理だ。危険すぎる。

そう思い直した時だ。柊の傍らで寝入っていた奏介がうっすらと目を開いた。

「柊くん……ふうちゃん、帰っちゃった？」

「大丈夫。まだいるよ」

柊がこちらを指さすと、奏介はとろりとした視線を楓太に向け、安心したようにまた目を閉じた。

「よかった……」

すーすーと寝息が聞こえる。あっという間にまた夢の世界に戻ってしまったらしい。

その世にも幸せそうな寝顔が、楓太の背中を押した。楓太はカップの紅茶で喉を潤すと、今世紀最大級の勇気を振り絞って、口を開いた。

「ああ、あ、あの、佐野宮さん」

「ん？」

「ぼ、僕をシ、シッターとして雇ってもらえませんか」

——言ってしまった。

「……きみを？」

柊がティーカップを持つ手を止めた。楓太はぎゅっと拳を握り「はい」と頷いた。

「ふたりともすごく可愛くて、あ、もちろん可愛いっていう気持ちだけで務まらないことはわかっています。僕には保育士の資格もありませんし、でもなんていうか、ふたりともすごく僕に懐いてくれているというか……」

これまで柊がシッター探しに難儀していた経緯を考えるに、シッターの条件は「奏介と耀介が心を許すかどうか」の一点にかかっていると言ってもいいはずだ。楓太にはシッターの経験などないが、最も大切で最も難しい条件をクリアしているのは明白だった。

「他にアルバイトはしていないのか」

「今はしていません」

折も折、一年半近く働いていたレストランが先月閉店してしまい、新しいバイト先を探していたところだった。

「次のヒートは二ヶ月以上先ですし、夏休みの間でしたらお引き受けできると思います。お互いにちゃんと抑制剤を飲んでいれば多分……大丈夫なのではないかと……思われ」

——やっぱり図々しい申し出だったかな。

あまりにフランクに接してくれるものだからつい忘れがちになっていたが、相手は日本の芸能界を背負って立っていると言っても過言ではない、トップ中のトップスターなのだ。三百六十度どこから見ても平凡な庶民の楓太にとっては、雲の上の人間なのだ。

「すみません、やっぱり——」

「お願いできるかな」

尻すぼみの台詞に柊の声が重なる。楓太は思わず「いいんですか？」と目を見開いた。

「今までどんなシッターにも懐かなかったこいつらが、きみにだけ懐いていることは確かだ。理由は見当もつかないが……あ、すまない」

柊が「しまった」という顔をするので、楓太は小さく噴き出してしまった。

「いいんです。一体どこを気に入ってくれたのか、僕にも理由はまったくわからないので。でも〝壁の花〟が得意技の僕に向かって手を振ってくれたり、あんなに懐いてくれて、正直すごく嬉しいんです」

「〝壁の花〟が得意技なのか」

柊が腹筋を震わせている。

「知らない人と話したり、大勢の前で発言したり、そういうの、昔からダメで」

「なるほど」

引っ込み思案オーラは、柊も感じ取っていたらしい。

「でも引き受けた仕事は責任を持ってやります」

「ああ。よろしく頼む」

すっと差し出された手をおずおずと握ると、ぎゅっと力強く握り返され、身体中がカッと一気に熱くなる。

——うわぁ……。

挨拶の握手をしただけで、こんなにもあからさまに心臓が落ち着きを失くしてしまう。スターのオーラに翻弄される楓太に、柊が「そういえば」と呟いた。

「今朝、駐車場で白坂に何か言われたか？」

「白坂さんに？」

白坂の顔が浮かぶ。理知的で、いかにも頭のキレるビジネスマンという印象だった。

「あいつ、余計なことを言ったんじゃないのか？　俺がアルファできみがオメガだからどうのこうのと」

「ああ……抑制剤を飲んでいるかって、確認されましたけど」

「それだけか？」

「ええ、それだけです」

楓太の胸に、小さな不安が過る。

「あの、もしかして白坂さんは僕のこと警戒しているんでしょうか。佐野宮さんと、あ、あんなことになったから……」

大事なトップ俳優に、犯罪まがいのやり方で近づこうとした。そんな誤解をされているのではないだろうかと思ったが、柊の答えは意外なものだった。

「いや、あの時のことは白坂には話していない」

「えっ、でも白坂さん、僕がオメガだって気づいていましたけど……」

すると柊は、精悍な印象の眉根をきゅっと寄せた。

「あいつは必要以上に勘がいいからな。特に第二の性に対しては無駄に鼻が利く」

「そうなんですか……」

「でも気にする必要はない。あの時何があったのかを、あいつに話すつもりはない」

ふたりがキスをしたことを知らない白坂は、楓太のことを「奏介の帽子を届けてくれた親切なオメガの学生」だと認識しているという。

——だから佐野宮さん、さっき駐車場でキスの話を出さなかったのか。

白坂に警戒されているわけではないとわかり、楓太は多少安堵した。

「きみにシッターを頼むことに決めたのも、あくまでプライベートな話だ。白坂を通す必要はない」

「……はい」

「マネージャーだから、この家にもちょくちょく顔を出すだろうけど、きみの雇い主はあくまで俺だ。困ったことがあったらなんでも遠慮なく言ってくれ」

——佐野宮さん、白坂さんとあんまり上手くいっていないのかな……。

また別の不安が浮かんだけれど、そこは楓太が心配しても仕方のないことだ。

「はい。よろしくお願いします」

笑顔で答えると、柊も今日一番の笑顔で頷いてくれたのだった。

＊＊＊＊

「ふうちゃん、こっち、こっち！」

「ふうちゃん、こっちも！」

揃いの水着に着替えた奏介と耀介が、芝生の上を仔犬のように駆け回っている。

「よーし、ふたりまとめて攻撃だ。それっ！」

楓太がふたりに近づいていく。手にしたホースの先端から勢いよく水が噴射され、奏介と耀介の頭上に降り注いだ。

「きゃあ、冷たぁーいっ」

奏介が顔を覆いながら、その場でバタバタと足踏みをする。

「雨だ、雨だ！　大雨だ！」

耀介は身体中に水飛沫を浴びながら、両手を開いて空を仰ぐ。

土曜日の昼下がり、三人の楽しそうな様子をリビングから眺め、柊はその眦を下げた。

奏介の麦わら帽子を届けてもらった礼にと、楓太を夕食に招いたのは三日前のことだった。翌日から楓太はキッズシッターとして佐野宮邸に通っている。

基本的に平日は朝から家政婦の春江が来てくれるので、楓太には春江のいない時間帯をランダムに担当してもらうことにした。期限は大学の夏休みが終わるまで。彼が携わっている大学祭実行委員会には、できる限り参加できるように調整するという約束だ。

「ね、ふうちゃん、もっとざばあってして！」

耀介がぴょんぴょん飛び跳ねながら催促する。

「え、もっと強く？」

「ぶわあって、台風みたいにして！」

「よーし、これでどうだ」

楓太が水圧を上げながら、ホースの先を耀介に向けた。容赦のない水飛沫を浴びた耀介は、きゃっきゃと逃げ回りながら大興奮の歓声を上げる。どちらかというと慎重派の奏介まで「奏ちゃんにも台風して、台風して」と必死におねだりをしている。こんなに楽しそうなふたりを見るのは、本当に久しぶりのことだ。

一昨年、来春公開予定のミステリー映画の主役に抜擢（ばってき）された時、正直柊は最後まで撮影を全うできるだろうか不安だった。撮影が長期に亘（わた）る上に、ハードなロケが続くことが予想されたからだ。幼い弟たちのことがただただ心配だった。それでもどうにかクランクアップを迎えられたのは、マリアと春江のおかげに他ならない。事実ここ半年というもの、奏介と耀介の世話はほとんど彼女らに任せきりだった。

ふたりには言葉で表せないほど感謝している。けれどマリアは今年七十歳、春江は六十歳と共に体力には限界がある。楓太のように全身全霊、体当たりで「とにかく動き回りたい」という四歳男児の本能的欲求を存分に満たしてやることは難しい。

照りつける太陽の下、楓太はTシャツにハーフパンツという姿で子供たちと水遊びに興じている。最初はビニールプールの中でおとなしく遊んでいたふたりだったが、プールの水を足そうと楓太が持ち出したホースが気に入ったらしく、台風ごっこが始まった。

「ねえ、柊くんも来て！」

「いっしょに、台風やろうよ！」

遊んでやりたいのはやまやまなのだが、あと三十分で迎えの車が来る。午後から映画雑誌の取材が入っているのだ。

「お前たち、そろそろ終わりにしなさい」

「えー、やだー」

「まだあそびたーい」

「まだ全然大丈夫ですよ、――うわあっ」

調子に乗った耀介がホースをぐいっと引っ張った。不意を突かれた楓太は顔面に思い切り水を浴びてしまう。頭からずぶ濡れになり「やられたあ」とケラケラ笑っている。このままでは楓太が疲れてしまうのではという心配は、どうやら杞憂だったようだ。

「うひゃあ、びっちゃびちゃだあ」

楓太はトレードマークの黒縁眼鏡を外し、頭に乗せた。肌に貼りついたTシャツがほっそりとした身体のラインを浮かび上がらせていて、柊はそっと視線を逸らした。

眼鏡を外した顔を見るのは二度目だ。一度目は、突き上げてくるような欲望の渦の中にいたせいで、顔そのものの印象は薄かった。楓太も同じだったのだろう、どろりと蕩けそうな瞳で柊を誘っていた。しかし今目の前で弟たちと戯れる彼はどこまでも無邪気で幼い。

どちらが本当の彼なのかと考えることは無意味だ。それがオメガという性なのだから。

見ず知らずの大学生に大事な弟たちのシッターを任せることに、まったく不安がなかったといえばうそになる。並木楓太という青年について、柊はほとんど何も知らない。それでも彼にシッターを頼むことに大きな迷いはなかった。

誰にも懐かなかった奏介と耀介が、なぜか楓太にだけは懐いた。それだけでも十分な理由になるのだが、理由はそれだけではない。柊自身が、彼に少なからず興味を抱いたからだ。

他のアルファ同様、柊もオメガのフェロモンには敏感だ。ヒート時のオメガが放つフェロモンはアルファの思考を麻痺させ、理性を崩壊させる。人間性や社会的地位とは関係なく、アルファとして生まれた以上避けられない宿命だ。

特に柊のように世間に顔や名前の知れたアルファには、時折姑息な手を使って近づいてくるオメガがいる。既成事実を作って強引に番になろうとする輩もいると聞く。しかしあの時の楓太は違った。自分の身に起きていることが理解できず、ひどく戸惑っているのがわかった。そもそもあの時楓太は「ヒート状態ではなかった」と言っている。初めこそうそをついているのではと疑ったが、ここ数日の彼の様子を見ていればわかる。楓太は保身のためにうそをつくような人間でない。

――ただ……。

今現在も楓太がヒート状態でないことは見ていればわかるのに、なぜだろう近づくたび不思議な匂いがするのだ。こうして十メートル近く離れている今も、微かだが彼の匂いを感じる。他のオメガのフェロモンを嗅いだことはないが、身を守るために何種類かのサンプルを嗅いだことはある。楓太が漂わせている匂いは、それらのどれとも違った。

初めて出会った時に感じたのは、性欲をダイレクトに刺激する強烈な匂いだった。けれど今柊の鼻腔(びこう)を擽っているのはもっと柔らかな、心が穏やかになるような甘い匂いだ。

——もしかして彼は……。

いや、まさかな。浮かんだ考えを柊はすぐに否定した。

「柊くーん、耀ちゃんのどかわいた。アイス食べたい」

「奏ちゃんも！　アイス、アイス、アイス！」

ぼんやりとしていたら、耀介と奏介が駆け戻ってきた。四つの大きな瞳が生き生きと輝いていて、柊はふたりをその腕に抱き寄せた。

「台風ごっこは楽しかったか？」

「うん！　楽しい」

「さいこう！　明日もやる！」

「楓太はいいって言っているのか？」

昨夜ふたりから「並木くん」ではなく「ふうちゃん」または「楓太」と呼ぶように命じられた。「並木くん」は、よそよそしく聞こえるという指摘だ。

「ふうちゃんが、明日もやろうって言ったんだよ」

「そうそう。耀ちゃんたち、ふうちゃんに、そそのかされたんだもん」

「そっか。唆(そそのか)されたか」

誘われたと言いたかったのだろう。柊はクスッと笑った。奏介を真似て難しい言葉を果敢に使うが、耀介の場合微妙にずれている。そこがたまらなく可愛いのだけれど。

「あれ……ここに置いたつもりだったんだけど」

少し遅れて戻ってきた楓太が、あたりをきょろきょろと見回している。

「どうした」

「僕の腕時計が……さっきここに置いたはずなんですけど」

楓太はさらに捜索範囲を広げている。一緒に探してやろうと柊が庭に降りた時だ。

「ふうちゃんの時計なら、ここにあるよ」

奏介が指さしているのは、さっきまで遊んでいたビニールプールだった。楓太は「えっ」と驚きの声を上げて奏介の方へ駆け寄った。

「耀ちゃんとね、いつものお魚きょうそうやろうと思ったの」

「でもふうちゃんの時計、ストップウォッチがついてなかったから、お魚きょうそう、できなかったね」

奏介は耀介とにこにこ笑い合いながら、水中の腕時計を取り出した。黒い革ベルトからピタピタと水が滴っているのを見て、柊は慌てて裸足のまま庭に降り、奏介の手から腕時計を取り上げた。

「お前たち……なんてことを」

時計の針は十五分前で止まっていた。丸い文字盤の内部も完全に浸水していて、防水時計でありますようにという一縷の望みが砕け散る。修理は難しそうだ。

柊は「申し訳ない」と楓太に頭を下げる。

「気にしないでください。特別思い入れのある時計ってわけじゃないので」

「本当にすまない。この頃いつも風呂に俺の時計を持ち込んで、何秒お湯に潜っていられるかふたりで競っているんだ」

「あはは、それでお魚競争か。佐野宮さんの時計は防水仕様だから、僕のも躊躇なく水に入れちゃったんですね」

楓太はクスクス笑いながら、水浸しになった時計を目の前でぶらぶらさせている。大事な時計を水没させられたというのに、アクシデントを楽しんでいるようにも見える。

「本当にすまない」

柊の胸には後悔が込み上げていた。時計というものは基本的に水に入れてはいけないということを、ちゃんと教えておくべきだった。

「ホント、気にしないでください。恥ずかしいくらいの安物ですから」

楓太はそう言ってくれるが、どう考えても自分の失態だ。柊は、どうやら何かいけないことをしてしまったと薄々感じ始めている様子の奏介と耀介に、自分たちが何を仕出かしたのかを話して聞かせた。ふたりはみるみる萎れ、項垂れた。

「……ふうちゃん、ごめんなさい」

「……ごめんなさい、ふうちゃん」

さっきまでの元気はどこへやら、揃って涙ぐんでいる。

「ふたりとも、ちゃんとごめんなさいが言えて偉いね。もう気にしなくていいよ」

楓太はそう言って、ふたりの頭を交互に撫でた。

「そんなことより、お魚競争は、いつもどっちが強いの？」

その問いかけに、べそをかいていたふたりがパッと顔を上げた。

「引き分け」と声が揃う。

「そっか。ふたりとも頑張ってるから、引き分けなんだね」

うんうんと頷きながら、楓太は優しい笑みを浮かべる。

「それじゃあ今度、三人でお魚競争しようか」

「わーい、ふうちゃんと三人できょうそう！」

「やったー、やったー！」

睫毛（まつげ）の先に小さな涙の粒を光らせたまま、奏介と耀介が飛び跳ねる。あっという間にいつもの笑顔に戻った弟たちに、柊はホッと胸を撫で下ろした。

「奏介、耀介、キッチンからアイスを取っておいで。楓太の分もな」

ふたりは「はーい」と元気よくキッチンに向かって走っていく。小さな背中が見えなくなるのを待って、柊は楓太を振り返った。

「本当に悪かったな」

「いえ。悪気があってしたことじゃないですし」

ふたりが脱ぎ散らかしたサンダルを揃えながら、楓太はへらりと笑ってみせた。

少し前のことだ。ドラマの撮影現場で、売り出し中の若い女優のスカートにスタッフが誤ってコーヒーを零してしまった。衣装ではなく自前のスカートだったらしく、女優は激怒し、十も年上のスタッフを怒鳴りつけた。

『一番のお気に入りだったのに。弁償しなさいよ！』

楓太は思い入れのない時計だと言っていたけれど、本音かどうかはわからない。自分がふたりをきつく叱（しか）らないように、精一杯明るく振る舞ったのかもしれない。そういえば耀介に幼稚園で飼っている犬と同じ名前だと言われた時も、気を悪くすることもなく、ちょっぴり情けない顔で『奇遇だな』などと半笑いをしていた。

——あの顔は、ちょっと可愛かったな。

楓太は間違いなく周囲を和ませる何かを持っている。今まで自分の周囲にはいなかったタイプだ。

「そうは言っても時計がないと困るだろ。弁償させてくれ」

「そんな、とんでもないです」

楓太は本気で驚いたようにぶるぶると首を振った。大きく見開かれた目を縁取る睫毛が長い。こうして間近で見ると、目も鼻も口も小ぶりだが、形がとてもきれいでなんとも愛らしい造作をしている。まるで「実は可愛い」ことに気づかれたくなくて、長い前髪と黒縁眼鏡で武装しているようだ。

――もったいないな。

そんなことを思ってしまうのは、柊が芸能界に毒されているからかもしれない。「俺が」「私が」と自分を全力でアピールし、他人の足を引っ張ることも厭わない。自分で選んで入った業界なのだけれど、嫌気がさす瞬間がないと言えばうそになる。

邪気の欠片もない素朴な横顔を、気づけばじっと見つめていた。何気なく下ろした視線が、ずぶ濡れのTシャツを貼りつけた華奢な身体を捉える。薄い胸板に並んだ小さな粒がうっすらと透けて見え、喉がゴクリと浅ましく鳴った。

視線に気づいたのか、楓太がハッとしたように頭に乗せていた眼鏡を所定の位置に戻した。柊は胸に一瞬過った不穏な感情をごまかすように、タオルを差し出した。

「レンズ、水滴がついてる」

「あ……ありがとうございます」

おずおずとタオルを受け取る楓太の頰が、さっと朱に染まるのを柊は見逃さなかった。

――まただ。

奏介や耀介と遊んでいる時の彼の表情は、いつも明るく楽しそうだ。しかしひとたび柊とふたりきりになると、時折こうして落ち着きなく瞳を揺らし、俯くように視線を逸らしてしまう。

——あの日のキスを思い出して怯えているんだろうか。

そう考えると、胸の奥にチクリと痛みを覚えるのだった。

「ふ、ふたりともアイスどれにするか迷ってるのかな。ちょっと見てきます」

楓太はすっと立ち上がり、まるでこの場から逃げるようにキッチンに行ってしまった。得も言われぬ甘い匂いだけが、ひとり残された柊の周りに漂う。

「耀ちゃん、チョコ味がいい」

「奏ちゃんは、ヨーグルト味。ふうちゃんは？」

「うーん、僕はバニラにしようかな」

わいわいと楽しそうな会話が聞こえてくる。楓太が揃えてくれた弟たちのサンダルをふと見下ろし、柊は思わず呟いた。

「大きくなったたな……」

この二年というもの、仕事は順調だったけれど、正直なところ常に心が休まることがなかった。自分の帰りを待ちわびて玄関まで飛んでくる弟たちを抱きしめる瞬間は、この上ないほどの幸せを感じる。けれど楽しいばかりの子育てなど、きっとこの世に存在しないのだろう。マリアや春江の助けを借りたとしても、親権者はあくまで自分だ。彼らが成人するまで無事に育て上げなければならない。その責任の重さに、いつしか心をすり減らしていたのかもしれない。

見上げた空は抜けるように青く、ぽっかりと浮かんだ雲がのんびりと流れていく。こんなふうに空を見上げたのは、一体いつ以来だろう。四季の移ろいにも、いつしか鈍感になっていた。

楓太がシッターを引き受けてくれた日から、ふたりの表情が明らかに変わった。楽しそうに笑う三人の姿に一番癒やされているのは他でもない、柊自身だ。

アイスを手にした三人がキッチンから戻ってくるのと同時に、玄関の呼び鈴が鳴った。

「さ、行ってくるか」

「いってらっひゃーい、柊ふん」

「おひごと、がんばっへねー」

ソファーでアイスを頬張りながら、ふたりがひらひらと手を振る。玄関までついてきて「早く帰ってきてね」「柊くん帰ってくるまでねない」とべそをかくのが恒例だったのにあまりにあっさりとしたお見送りに、柊は苦笑しつつちょっぴり寂しさを覚えた。

奏介と耀介に挟まれた楓太が見送りに立ち上がろうとするのを、柊は手で制した。

「なるべく早く帰るから、よろしく頼む」

楓太は「わかりました。いってらっしゃい」と笑顔で送り出してくれた。

ちょっと恥ずかしそうな「いってらっしゃい」に癒やされつつ、柊は脳内を仕事モードに切り替えるのだった。


腕時計水没事件の翌々日、柊は早朝から地方ロケに出かけなければならなかった。先日クランクアップした映画撮影からほとんど時間を置かず、今度は冬ドラマの撮影に入るのだ。予定は三日間。その間楓太が泊まりがけで弟たちの面倒を見てくれることになっている。

「すまないな、朝早くから来てもらって」

「平気です。朝は強い方なので」

力強く頷く楓太の後頭部にはしかし、しっかりと寝癖がついていて、おかしさとありがたさが同時に込み上げてくる。

「奏介の着替えはここ、耀介のはこっちだ」

「わかりました」

「パジャマはバスルームの傍のラックにまとめて入っている。わからないことがあったら春江さんに聞いてくれ」

伝えられることは伝えておこうとバタバタしていると、テーブルに置いたスマホが鳴った。白坂が玄関前に到着したようだ。

「幼稚園の方にはきみのことを伝えてある。送迎バスの時間に遅れないようにしてくれ。昼前には春江さんが来てくれる」

「今日は幼稚園で給食が出るんですよね？」

「ああ。帰りのバスの到着は三時前後だ。春江さんと相談してどっちかが迎えに行ってくれ。そうそう大事なことを言い忘れていた。『ブヒタン』のカードを持っていくのは禁止されているから、出がけにあいつらの幼稚園バッグをチェックしてくれ」

「ブヒ……タン？」

「『ゴーゴー！　ブヒブヒ探偵団』。三匹の豚が謎解きをしながら困っている子供たちを助けるアニメだ。観たことないのか」

楓太は「……ないです」と、なぜか困惑したように眉を八の字にした。

「そうか。なかなか面白いぞ。それからおやつのアイスは一日一個の約束だから、泣いても騒いでも一個以上食べさせないでくれ」

「了解です」

「えーと、後は――」

「わからないことは春江さんに聞く、ですよね？」

クスクス笑う楓太に、柊はふわりと身体の力が抜けるのを感じた。

「……そうだな。たったの三日だ」

「ええ。海外へ行くわけじゃないんですから。それよりお仕事頑張ってくださいね」

やっぱり少し恥ずかしそうに、楓太は小さく笑った。

「ああ。行ってくる」

――なんだこの新婚感は……。

こんな朝のドタバタの中でも、その笑顔はやっぱり可愛い。ガラにもなく甘ったるい気分になっている自分に戸惑っていると、玄関ドアが開いた。

「おい柊、三分で出てこいといつも言っているだろ。早くしないと首都高の渋滞に巻き込まれ――」

いつものようにマシンガントークを炸裂させながら入ってきた白坂は、柊の傍らに楓太の姿を見つけるなり固まった。甘いムードが一変、玄関付近の空気が氷結する。

「柊、新しいシッターってまさか」

「ああ、彼に頼むことになった」

斜め後ろで楓太が「よろしくお願いします」と丁寧に一礼した。白坂は申し訳程度に会釈を返したが、すぐに厳しい顔で柊を睨みつけた。

「俺は何も聞いていない」

「シッターを頼むのになぜお前の許可がいる。時間がないんだろ。行くぞ」

柊は楓太を振り返り、リビングに戻るよう促す。楓太は不安げな表情で「失礼します」と踵を返した。その姿が消えると、白坂は待ってましたとばかりに眦を吊り上げた。

「おい、何を考えているんだ。彼はオメガだろ」

「しーっ、声がでかい。楓太に聞こえるだろ」

スニーカーの紐を結びながら、柊は白坂を睨み上げる。

「聞こえるように言っているんだ。というか『楓太』ってなんだ。もう名前で呼ぶほど親しくなったのか」

「チビたちにそう呼べと言われたんだ。シッターの呼び方までマネージャーに相談しなくちゃならないのか」

紐を結び終わって立ち上がると、ただでさえ視線の鋭い白坂がさらに厳しい目つきで仁王立ちしていた。数秒間の睨み合いの後、白坂が口を開いた。

「何をそんなにムキになっているんだ、柊。お前らしくもない」

「ムキになっているのはそっちだろ」

「オメガにシッターを任せたと言われて、ああそうですかと引き下がれると思うか？　大体あっちもあっちだ。お前がアルファだとわかっていてなぜ引き受けたりしたんだ。万が一のことがあったら――」

「今までどんなシッターにも懐かなかったチビたちが、楓太には懐いた。信じられないことに完全に心を許しているんだ。楓太もふたりを可愛がってくれている。彼を拒絶する理由がない」

「しかし」

「お前の言いたいことはわかる。あくまでシッターとして頼んだだけだ」

まだ納得しない白坂の背中を無理矢理押して、玄関の外に出た。

「大丈夫だ。お互いに毎日欠かさず抑制剤を飲んでいる。それに大学の夏休みが終わるまでという約束だ」

期限つきだと知り、白坂はようやくトーンダウンした。

「とにかく間違いだけは起こすなよ。イメージが崩れるのは一瞬なんだからな。長い時間をかけて築き上げてきたキャリアを、たったひとつのスキャンダルで棒に振った俳優がひとりやふたりじゃないことを、お前だって知っているだろ」

「わかっている」

柊は後部座席に乗り込み、乱暴に扉を閉めた。これ以上ごちゃごちゃ言うなという意思表示を、敏(さと)いマネージャーは瞬時に察知したらしい。運転席に乗り込み扉を閉める頃には、白坂は普段の落ち着きを取り戻していた。柊はすかさず耳にイヤホンを突っ込む。

通常トップクラスの俳優には、マネージャーの他に付き人と呼ばれる専属の雑用係がつくことが多いのだが、柊はもう何年も付き人をつけていない。十八歳でデビューした直後、寝る時間はおろか自宅に帰る時間すらなかった頃にはいたこともあるが、もう十年以上、白坂と二人三脚でやっている。

良くも悪くも目端が利き、恐ろしく頭が回る。生き馬の目を抜くこの業界で、白坂の勘のよさと豪胆さに何度窮地を救われたかわからない。

——まあその勘のよさは、諸刃の剣なんだが。

「柊」とルームミラー越しに白坂が呼ぶ。

「くれぐれも七年前の事件を忘れるなよ」

「…………」

さっさとイヤホンをつけたのはやはり正解だった。柊は聞こえない振りを決め込み、大音量で音楽をかけながら窓の外に目をやった。ムキになっているのはやはり白坂の方だ。そう思う傍らで、自問する声が聞こえる。

——俺も、ムキになっているのか？

白坂は仕事に関しては冷徹な男だが、プライベートに関しては必要以上に口を出さない。押すところと引くところをわきまえた絶妙な距離感があったからこそ、ふたりで芸能界の荒波を乗り越えてこられたのだ。

それでも柊は、楓太にシッターを頼んだことを後悔していない。それどころか彼の夏休みが終わっても、どうにか延長を頼めないだろうかと考えている。

──チビたちがあんなに懐いているんだから……。

それが一番の理由のはずなのに、なぜだろうひどく言い訳がましく思えてしまう。

柊はイヤホンの音量をさらに上げ、そっと目を閉じた。


隣県の海岸で三日間に亘って行われたロケは、最終日の夜無事にアップした。いつもなら現地のビジネスホテルに宿泊するところだが、この日は一刻も早く帰宅したくて撮影が終わるのと同時に帰路に就いた。ホテルの予約をキャンセルさせられただけでなく、深夜に長距離運転をする羽目になった白坂はぶつぶつと文句を言っていたが、結局は柊のわがままを受け入れてくれた。

なんで今日に限ってそんなに急いで帰るんだ。何か特別な理由でもあるのか──。口にこそ出さないが、ハンドルを握る白坂の背中にはそんな猜疑心が滲み出ている。アルファである柊が、よりによってオメガの青年に弟たちのシッターを任せたことは、彼に大きな不安と苛立ちをもたらしたのだろう。

白坂の気持ちはわかるが、柊にとって奏介と耀介の笑顔以上に大事なものはない。

深夜一時過ぎ、柊は玄関ドアをそっと開ける。『先に寝ていろ』と言っておいたのに、リビングには灯りが点いていた。

——起きていたのか。

身体は疲弊しているのに、心が微かに躍るのがわかった。

楓太はソファーに背中を預け、テレビの画面に観入っていた。

テレビの横に設えたリビングボードの一角に、過去の出演作品のＤＶＤを収納してある。自分で観ることはなくほとんどインテリアと化しているのだが、ロケに出かける前日、楓太に観てもいいかと訊かれたので好きにすればいいと答えた。

楓太が観ていたのは、五年前に柊が主演をした作品で、婚約者を殺された男の悲しき復讐劇だ。激しい怒りと悲しみを胸に秘めながらも、決して取り乱さず最後まで冷静に復讐を遂行する男の姿が、観る人の心を揺さぶると国内外で高い評価を得、数々の映画賞に輝いた。俳優・佐野宮柊の代表作のひとつだ。

よほど集中しているのか、楓太は柊が帰宅したことに気づいていないようだ。画面には、満開の桜の木の下で微笑みを浮かべ、手にした銃をこめかみに当てる柊が映し出されている。本懐を遂げた主人公が自ら命を絶ち、笑顔で愛する彼女のもとへと旅立っていくラストシーンだ。

「きみの声が、聞こえた気がして……」

洟を啜りながら、楓太はエンディング曲『きみのいない春』を口ずさんでいる。

「歌えるのか、その曲」

被っていたキャップを脱ぎながら声をかけると、楓太が「ひょわっ」と言葉にならない声を上げてソファーから転げ落ちた。床に尻もちをつき、眼鏡をずり落として目を瞬かせている様子があまりに無防備で、柊はたまらず腹筋を震わせる。

「お、おか、お帰りなさい。すみません、気がつかなくて」

「ただいま。驚かせて悪かった」

柊が右手を出すと、楓太は逡巡(しゅんじゅん)したように瞳を揺らしながら、おずおずと左手を差し出した。柊はその手をぎゅっと握り、強く引き上げた。その瞬間、立ち上がった楓太の身体から、いつもの甘い匂いが立ち昇った。

――ああ、楓太の匂いだ。

得も言われぬ安心感が全身を包む。

この感覚が早く欲しくて、仏頂面の白坂に夜の高速を飛ばしてもらったのだ。

「お疲れさまでした。お茶でも入れましょうか」

「ああ、そうだな。その前にちょっとあいつらを見てくる」

お茶が欲しいというよりは、飲み終わるまでの時間を楓太と過ごしたかった。いつもの習わしで弟たちの寝顔を確認してリビングに戻ると、楓太が「どうぞ」と湯気の立つお茶を差し出した。

「ありがとう。そっちこそお疲れさん」

奏介と耀介がこの三日間なんの問題もなく過ごしていたことは、事前に連絡を受けて知っていた。

「いえ全然。ふたりとも言うことはちゃんと聞いてくれるし、毎日幼稚園から帰るなり庭で元気に遊び回って、お風呂に入って晩ご飯食べた後は、コトンと電池が切れたみたいに寝ちゃうし。だから僕は毎晩こうして映画三昧でした」

「先に寝ていろと言ったのに」

「佐野宮さんの出ている映画とかドラマとか、どうしても観てみたくて」

聞けば昨夜も一昨夜も、ふたりが眠った後、朝方まで映画鑑賞をしていたのだという。

「僕、小さい頃から手芸と読書ばっかりしていて、テレビも映画もあんまり観なかったので、エンターテインメントに疎くて」

「別にいいんじゃないか？　自分の好きなことをして過ごすのが一番だと俺は思うけど」

温かいお茶をひと口啜ると、三日間のロケの疲れが霧散していくのがわかった。

「俺は、ファンを増やしたくてお前にシッターを頼んだわけじゃない」

うっかり「お前」と呼んでしまったが、楓太は気に留めていないようだった。

「はい。でも最初の晩に一作観たらすごく面白くて、他の作品も観たくなっちゃったんです。気づいたら次から次へと……って言っても、まだ五作品しか観られてないんですけど」

「五作も？」

楓太はこの三夜で、二十作ほどある自分の出演映画の四分の一近くを観たことになる。ちょっぴり嬉しくなった柊は、照れ隠しに「ずいぶん頑張ったな」と笑った。すると楓太は真顔で「頑張ってなんかいません」と眼鏡の奥の目を見開いた。

「どの作品も演じているのは佐野宮さんのはずなのに、どれも佐野宮さんじゃないというか、全部違う佐野宮さんというか……う〜ん、なんて言えばいいのかな」

「役に成り切っている？」

「そう！　それです」

楓太は珍しくちょっと興奮気味に何度も頷いた。

誰よりも深く役に入ることができる。それが柊の俳優としての矜持だ。

「最後までほとんど表情が変わらないのに、抱いている悲しみと憎しみが痛いくらい伝わってきて、命がけで復讐する姿が悲しくて胸にずんときて……ああもう、すごく感動したのに、上手く言えなくてごめんなさい」

楓太が自分の黒髪を手でぐしゃっと掻き乱し、ぺこりと頭を下げた。

――楓太……。

お世辞や打算に塗れた世界に身を置いているからこそわかる。楓太の言葉には余計な飾りがない。うその匂いを感じない。

言葉というのは不思議なものだと柊は思う。端的に滑らかに過不足なく語られた台詞より、不器用に紡がれた綻びだらけのそれの方が、何倍も何百倍も人の心を打つことがある。今目の前で頬を染め、拙い言葉で必死に感動を伝えようとする楓太に、柊の心はじんわりと熱くなる。友達に心配されるほど引っ込み思案の楓太が、懸命に感想を伝えようとしてくれていることが嬉しかった。

「十分に伝わっているよ。ありがとう」

小さく微笑むと、楓太は「そんな」と首を振った。長い前髪がさらさらと揺れる。

「映画もドラマもろくに観たことない俄かが、何言ってるんだって感じですけど」

「俄かでもなんでも、面白いと言われて嬉しくない俳優はいない」

「そう言ってもらえてホッとしました。そうそうエンディングの『きみのいない春』、実は僕大好きなんです。僕が口ずさめる数少ない歌のひとつで。でもこの映画のエンディングだったとは知りませんでした」

「また嬉しいことを言ってくれるじゃないか」

「え？」

「歌っているのは俺じゃないけど、曲を作ったのは俺だ」

シンガーソングライターでもある柊は、寡作ではあるが数作の主演映画でエンディングや挿入歌を作り歌っている。『きみのいない春』は大ヒットしたので、エンターテインメントに疎い楓太が知っていても不思議ではないが、歌っているのは相手役の女優だ。

「俺が歌ったバージョンもあるって知ってたか？」

尋ねると、楓太は眼鏡の奥の大きな目を丸くした。

「知りませんでした。ぜひ聴いてみたいです」

「確か俺の部屋にＣＤがあったはず——あ、今はサブスクの時代か」

「サブスクは契約していなくて」

「じゃあやるよ。明日用意しておく」

「えっ、いいんですか？　やったぁ」

楓太は無邪気に大喜びする。

——ったく、ＣＤくらいでそんな顔しやがって。

柊は思わず目元を緩めた。かなり童顔なこの青年は、見るからに晩生な印象だ。好きな人がいるのだろうか。恋人はいるのだろうか。性的な経験はあるのだろうか。問うてみたいことが次々浮かぶ。

——あの時みたいな顔を、他の誰かに見せたことがあるんだろうか……。

一度だけ見せた扇情的な表情が蘇り、柊は少しぬるくなったお茶をゴクリと飲み干した。

「さて、そろそろ休もうか」

「そうですね」

深夜だということも忘れ、気づけば三十分近く話をしていた。大した内容は話していないのになんだか無性に楽しくて、ぐっすり眠った翌朝のような爽快感に包まれているから不思議だ。

「そうだ。楓太、これを」

話が弾みすぎて忘れるところだった。小さな紙袋を差し出すと、楓太は「なんですか、これ」と首を傾げた。

「土産みたいなもんだ。開けてみろ」

楓太は訝るように「はい」と呟き、紙袋から取り出した小箱の包装紙を丁寧に剝ぎ取っていく。小箱の蓋を開けるなり「あっ」と小さな声を上げた。

重厚なブラックのベルト、鮮やかなブルーの文字盤、矢印を象った短針に鋭い刃物を連想させる長針——。それは柊が五年前からＣＭに出演している国内の大手時計メーカー・エテオールの紳士用腕時計だった。

「ヴァーグっていうシリーズの限定モデルだ。知っているか？」

楓太はどこか戸惑った様子で「ＣＭを何度か」と答えた。名前くらいは知っているようだった。

「ダイバーズウォッチなんだけどタウンにも十分使える。あ、もちろん完全防水でストップウォッチ機能もついているぞ」

エテオールの担当者が今日ロケ先に届けに来てくれたそれを、一秒でも早く楓太に渡したかったことが、宿泊先をキャンセルしてまで帰宅した一番の理由だった。きっと喜んでくれるだろうと思っていたのに、どうしたことか楓太の反応は芳しくなかった。

「うう、受け取れません」

蓋を閉じた箱をテーブルに置くと、怯えたように三十センチほど後ずさってしまった。

「なぜだ。まさかもう新しいのを買ってしまったのか？」

楓太は明らかに困惑した様子で「そういうことじゃなくて」と頭を振る。

「なら受け取ってくれ。チビたちの不始末は俺の不始末だ」

「こんな高級なもの、受け取ることはできません」

「それほどでもないだろう」

「どう見たって高級品です。僕には不相応です」

いつになく頑なな反応に、柊は短く嘆息する。

「お前は本当によくやってくれている。感謝の言葉も見つからないくらいだ。シッターを引き受けてもらえて、俺がどんなに感謝しているか。残念ながら俺はお前の好みを知らない。だからせめてもと、お前に似合いそうな色を選んだんだ。池に落とした斧が金の斧になって戻ってきたと思って受け取れ」

必死の説得にも、楓太は頑なに首を横に振る。

「すみません……せっかく用意していただいたのに」

硬い表情で拒み続ける楓太に、柊は肩を落とした。

「俺にはわからない」

気づいたら、そんな台詞が口を突いていた。

「どうしたらこの気持ちをお前に伝えられるんだ」

ため息混じりに呟いた時、ふと亡父の声が脳裏にこだました。

『どうした、柊。嬉しくないのか？』

共に芸能界の第一線で活躍していた両親は、常に忙しく不在がちだった。ひとり息子に寂しい思いをさせているという自覚はあったのだろう、ふたりして罪滅ぼしのようにプレゼントを買ってくれた。

まだ誰も持っていない新作のゲームや、六桁は下らない人気モデルのスニーカー。それらの品々はしかし、幼い柊の心の隙間を埋めることはなかった。

――そういや、親父がどんな高級品を買ってくれても、あんまり嬉しくなかったな。

過った思いに、柊はハッとした。

幼くして両親を亡くした弟たちを引き取ったことに後悔はない。しかし不規則な俳優の仕事と子育ての両立は想像よりずっと困難で、ふたりにはいつも寂しい思いをさせてしまっている。胸にくすぶり続ける贖罪（しょくざい）の気持ちから、柊は幼いふたりにお土産と称してしばしばプレゼントを用意した。物や金では伝わらないものもあると、自分が一番わかっていたはずなのに。

「つまるところ俺も、親父と同じか」

「……佐野宮さん？」

自嘲の呟きに、楓太が表情を曇らせた。

結局自分はあの頃の両親と何も変わらないのだ。自分の至らなさを、プレゼントでごまかそうとしている。幼すぎてまだ言葉にはできないが、奏介と耀介も今の楓太と同じ戸惑いを感じているに違いない。そう思ったら、急に胸の奥がずっしりと重くなった。

「感謝の押し売りだったな。悪かった」

腕時計を回収しようとすると、楓太が「ま、待ってください」と先に手を伸ばした。

「やっぱりこれ、いただきます」

「……え」

「奏ちゃんと耀ちゃんと、お魚競争するって約束したのに、まだできていなくて。この時計があれば明日にでも実現できます」

楓太は微笑み、その細い手首に時計を嵌（は）めた。

「ど、どうでしょう。似合いますか？」

楓太が顔の横に時計を持ってくる。恥じらうような笑顔に、ふわりと心が軽くなった。

「ああ。とても似合っている」

よかった、と楓太がはにかむ。柊は胸の中に温かなものが満ちていくのを感じていた。

「ありがとうございます。大切に使わせていただきますね」

「受け取ってもらえてよかった」

「何かお礼をさせていただきたいんですけど」

お礼のお礼？　とおかしくなったが、楓太は真剣だった。「そうだな……」と腕組みをする柊の目が、さっきまで被っていた黒いキャップを捉えた。主に仕事の行き帰りに被っているお気に入りだ。

「このキャップに刺繍をしてくれないか。この前耀介に言われたんだ。『柊くんだけ帽子に〝ししう〟してもらえなくてかわいそうだね』って。だから俺のにも刺繍を頼む」

思いもよらない提案だったのだろう、楓太は忙しく目を瞬かせている。

「でもこれ、ブランド物ですよね」

「何か問題でも？　デザインは任せるからよろしく頼む」

帽子を手渡すと、楓太はちょっと困ったように瞳を揺らしたが、やがて「わかりました」と頷いてくれた。

「なあ、楓太」

呼びかけた時には、まだ少し迷いがあった。しかし「はい？」と小首を傾げる無邪気な表情に、心は一瞬で決まった。

「いっそここに住み込むことにしないか」

彼がシッターを引き受けてくれた時からずっと、柊の頭にはその案が浮かんでは消えを繰り返していた。楓太は「えっ」と大きく目を見開いた。

「俺の仕事には定時なんてものは存在しない。夕方には帰るつもりだったのに撮影が押しに押して、結局帰宅は深夜でした、なんてことも少なくない。お前を何時に解放してやれるか、朝の時点で確約することは難しい」

「ええ……でも」

案の定楓太はひどく逡巡するように眼鏡の奥の瞳を揺らした。当然のことだろうと思う一方で、小さな焦りを覚えている自分がいる。突然の提案に困惑を隠さない楓太を前に、柊の胸には形容しがたい寂しさが広がっていった。自分との距離を縮めることに怯えているのは、楓太の中であの日のキスが決してよい思い出ではないからだろう。

――まあ、当然と言えば当然のことだが。

柊は小さく嘆息した。無理にとは言わない。そう告げようとしたのに、次の瞬間、口はまったく違う言葉を紡ぎ出した。

「よく考えてみろよ。大学までの距離だってお前のアパートよりここからの方が近いだろ。

春江さんに頼んで三食用意してもらえば食費も浮くぞ？　光熱費も浮く。悪くない話だと思うけどな。少なくとも検討してみる価値はあると俺は思う」

気づけば前のめりになり、早口で住み込みを勧めていた。

——何を言っているんだ、俺は。

およそ自分らしからぬ必死さに、柊自身が一番驚いていた。楓太はしばらくぽかんと聞いていたが、やがて拳を唇に当ててクスッと笑った。

「ありがとうございます。お言葉に甘えてそうさせていただきます」

「本当か？」

子供のように破顔する自分に内心呆れていると、楓太が頬を染めて「はい」と頷いた。ちょっと照れたようなその笑顔に、柊の胸は弾む。

「引き続きあの部屋をお借りしていいんでしょうか」

「ああ。もちろんだ」

彼にはこの三日間、玄が存命だった頃住み込みの使用人が使っていた部屋で寝泊まりしてもらっていた。子供部屋の隣だ。

通いだったシッターが住み込みに変わる。

ただそれだけのことなのに、なぜだろうやけに心が躍る。

——あいつらも喜ぶだろうな。

弟たちのはしゃぐ様子が目蓋に浮かび、柊はひっそりと口元を緩めた。

楓太が住み込むことになったと報告するや、予想通り奏介と耀介は狂喜乱舞した。

『毎日、ふうちゃんといっしょだね』

『ずーっといっしょにいられるね』

舞い上がるふたりに、柊はいくつかの約束をさせた。楓太が休んでいる時は彼の部屋に押しかけないこと、楓太がひとりで外出する際に『行かないで』『連れてって』とぐずったりしないことなどだ。楓太はあくまでシッターであって家族ではない。そこのライン引きを間違えてはいけないと、自分も含め徹底させる必要があった。

ふたりは『はあい!』『わかってまーす!』と殊勝に手を上げてみせたが、どこまでわかっているのかは定かではない。『大丈夫かな』と不安を口にすると、楓太は『そんなにキチキチにしなくても大丈夫ですよ』と笑ってくれた。

この日、柊は珍しく予定より早く撮影を終えた。楓太が住み込みになって四日目のことだ。奏介と耀介が起きている時間に帰宅できるのは久しぶりのことで、信号待ちがもどかしいほど気が急(せ)いた。

「ただいま」

玄関から声をかけたが返事がない。リビングもしんと静まり返っていた。

——時間的に、もしかして……。

ふとそれに思い至った瞬間、バスルームの方から「きゃはは」という賑やかな笑い声と、パタパタという足音が近づいてきた。

「奏ちゃん、早く」

「待ってよ、耀ちゃん」

「こらこら、ふたりともちゃんと身体拭いて」

やはり三人で風呂に入っていたらしい。バスタオルをマント代わりにして全裸でリビングに飛び込んできたふたりは、柊が帰宅していたことに気づき飛びついてきた。

「柊くん、おかえりなさい、おかえりなさい！」

「おかえりなさい！」

「ただいま」

「あのね、今お風呂でふうちゃんとお魚きょうそうしてたの！　耀ちゃんの勝ちだった！」

「奏ちゃんも勝ちだった！」

柊は興奮気味に報告をするふたりをまとめて抱き留めた。

「ほらほら、ふたりとも髪が濡れているじゃないか」

濡れた黒髪を代わる代わるバスタオルで拭き、パジャマを着せてやっていると、廊下からまた足音が聞こえてきた。

「ふたりとも髪をちゃんと拭かないと――あっ」

楓太の足音が止まる。

「ただい――」

振り返った柊は、最後の「ま」を呑み込んで硬直した。

半裸の楓太が、目を見開いて立ち尽くしていた。身体を隠しているものと言えば心許ない大きさのタオルと、左手首に巻かれた腕時計のみで、生地の薄いタオルが下半身のシルエットをうっすらと浮き出させている。二秒ほど凝視した後、柊はさっと視線を逸らした。

「おおお、お帰りなさいっ、すみ、すみませんっ」

「いや……」

「パ、パジャマ着てくるので、ふたりをお願いします」

「あ、ああ。わかった」

ぎくしゃくと会話を交わし、楓太はバスルームに戻っていった。

――なんというか……。

この鼓動の高まりは一体なんだろう。物心ついた頃には感情をコントロールする術が身についていた。多感だと言われる思春期でさえ、周囲が呆れるほど淡々としていた。佐野宮柊の枕詞（まくらことば）は「クール」だが、俳優になるずっと以前から柊はクールだったし、そんな自分のアイデンティティに疑問を抱いたことは一度もなかった。

　恋愛に関しても淡泊で、自ら相手に告白したことは一度もない。絆（ほだ）されるように恋愛関係になっても、だからすぐに破綻した。最近は忙しさにかまけ、その手のことから遠ざかるようになっていた。こんな仕事をしていながら、愛だの恋だのに巻き込まれることが面倒で仕方なかった。少なくとも楓太と出会うまでは。

きめの細かそうな肌は上気し、全身が愛らしい桜色に染まっていた。立ち上る湯気の香りは嗅ぎ慣れたボディーソープのそれなのに、楓太の放つ甘い匂いと混じり、頭の芯がクラクラするような魅惑的な匂いに変わっていた。小さなタオルからはみ出したほっそりとした腰のラインが、網膜にくっきりと焼きついてしまった。

　――マズイな。

　楓太の裸体を目にした瞬間、柊はひどく動揺した。楓太の匂いはいろいろな意味で柊を刺激する。もちろん性的なそれも含めてだ。『くれぐれも七年前の事件を忘れるなよ』という白坂の言葉が脳裏に過る。

「そうだ、耀ちゃんいいこと考えた！　今夜はみんなでねようよ」

「奏ちゃんも、さんせーっ！」

勝手に盛り上がるふたりを、柊は「ダメだ」と一刀両断した。思わず厳しい口調になってしまったのは、桜色の肌が目蓋の裏に残ったままだからだ。

「ふたりともこの間約束したことを忘れたのか？　お前たちが寝た後は、楓太は楓太の部屋で休む。夜は別々。そう決めただろ？　朝から晩までずーっとお前たちの世話をしていたら、楓太が疲れちゃうだろ？　アパートに帰っちゃってもいいのか？」

ふたりは揃って首をふるふる横に振った。みるみる萎れていく弟たちに、ちょっぴり心が痛んだ。気配に振り返ると、パジャマを身につけた楓太が立っていた。

「奏ちゃん、耀ちゃん、一緒に寝てあげられなくてごめんね。でも今夜は佐野宮さんがいてくれるから寂しくないよね？」

楓太もまた、柊と寝室を共にすることの危険性を強く感じているのだろう、申し訳なさそうにふたりの頭を撫でた。

「さびしくない」

「耀ちゃんもさびしくない」

健気（けなげ）に笑顔を作ってみせる弟たちを、柊は両腕でひょいと抱き上げた。ふたりは「きゃあっ」「わあっ」と歓喜の声を上げた。

「柊くん、もっと高くして！」

「てんじょうまで！」

「天井までは無理だろう」

きゃっきゃとはしゃぐ弟たちに、柊は自分のエネルギーの源がどこにあるのかを再認識するのだった。

四人で春江が作り置いてくれた夕食を済ませると、柊はふたりを寝室に連れていった。十分ほど絵本を読んでやると、揃ってすやすやと寝息を立て始めた。

「寝ましたか?」

「ああ。コロッと」

戻ってくると楓太はキッチンで食洗器に入りそこねたデザートの皿を洗っていた。

「ふたりとも寝つきがいいですよね」

「よくなったのはお前が来てからだ。以前はなかなか眠ってくれなくて苦労していた」

「そうだったんですか」

楓太が意外そうに瞳をくりくりさせた。さりげない表情が、ドキリとするほど可愛い。

「でも、考えてみるとかなり贅沢(ぜいたく)ですよね」

「何が」

「だって、俳優・佐野宮柊が絵本を読んでくれるなんて」

思ってもみない返答に、柊は思わず噴き出しそうになる。

「あいつらはお前の読み聞かせの方が好みらしいぞ」

「へ？　まさか」

「さっき奏介に『柊くん、もっとふうちゃんみたいに普通に読んで』と言われた。俺の読み方は多分、どこか芝居がかっているんだろうな」

「奏ちゃんってば……」

楓太はクスクス笑いながら、最後の一枚を洗い終えた。

「拭くのは俺がやる。お前はあっちで休んでろ」

棚から布巾を取り出そうとする柊を、楓太は慌てたように「僕がやります」と止めた。

「佐野宮さんこそお疲れでしょう」

楓太が取り出した布巾を、柊はひょいと取り上げた。

「いいから任せろと言っているだろ」

「ダメです。佐野宮さんお風呂まだですよね。早く入っちゃってください」

「見かけによらず強情だな」

「僕の仕事ですから」

「洗い物はシッターの仕事じゃないだろ」

互いに苦笑を浮かべながら布巾を取り合う。ところが軽いじゃれ合いの中で、うっかり楓太の指を握ってしまった。

「あっ」

楓太がビクリと手を引いた。

――しまった。

すぐに放したが、案の定楓太は表情を強張らせて二歩ほど後ずさった。あからさまな反応に、キッチンの空気がピンと張り詰めるのがわかった。

「……すみませんでした。お任せします」

くるりと踵を返し、楓太はリビングに向かった。その背中を見送りながら、柊は大きなため息を落とす。

楓太がオメガだということは最初からわかっていたことだ。出会った経緯を考えれば、今のような反応も仕方がないことだと思う。頭ではわかっているのだけれど、楓太がビクビクするたびに、ひどく傷ついている自分がいた。

――俺はあいつに、何を求めているんだ……。

詰め寄ってきた白坂に、彼はただのシッターだと答えた。それはうそではないけれど本音というわけでもない。この頃、楓太の甘い匂いがたまらなく欲しくなる時がある。

――楓太はシッターを引き受けたこと、後悔していないだろうか。

過った思いが、柊の心を重くした。

洗い物を終えてリビングに行くと、楓太はこちらに背を向けてテレビを観ていた。偶然流れ始めたのは、柊がこの春から出演している大手自動車メーカーのＣＭだ。

浜辺をドライブ中、口喧嘩をしてしまうカップル。怒った彼女が車を降りる。柊は彼女の背中をしばらく見つめていたが、やがて運転席を降り、砂浜に座り込んだ彼女の真正面にしゃがむ。気づいた彼女が顔を上げる。柊は小さな微笑みを浮かべ、その表情のまま彼女の頭を優しくポンポンする。ふたりの陰が砂浜に長く伸びる――。

十五秒の物語に、楓太はじっと見入っている。ふと柊はリビングボードのガラス扉に映し出された楓太に目をやった。その表情を目にした柊は、我知らず口元を緩めてしまった。

――楓太のやつ……。

眼鏡を半分ずり落として口を半開きにし、自分の頭頂部に手を置いている。うっすら頬を染めたその顔は、無防備極まりない。楓太の心はＣＭの中にいた。〝彼女〟に成り切って、柊の頭ポンポンに照れているのだろう。

もし心の底から恐れているのなら、映像の中の柊に対してこんな顔ができるはずがない。そう思ったら重苦しかった気持ちがふわりと軽くなった。丸まった背中にゆっくり近づいていくと、気配に気づいた楓太がシャンと背筋を伸ばした。

「なんでそんなにビクついているんだ」

「べ、別にビクついては」

「ビクついているだろ」

責めるつもりはなかったのだが、楓太は「……すみません」と項垂れてしまった。柊は楓太の隣に腰を下ろす。太腿が触れないギリギリの距離。ふたりの間にできた三センチの空間を、楓太は困惑した表情で見つめている。

「CMの俺には今みたいな可愛いアホ面してくれるのに、生身の俺にはずいぶんつれないんだな」

「す、すみません」

「謝るな。怒っているわけじゃないんだ」

柊は小さく嘆息し、なるべく穏やかな声で話しかけた。

「大丈夫。お互いに毎日ちゃんと薬を飲んでいるんだ」

「……はい」

消え入りそうな声で答えながらも、楓太は緊張した面持ちのまま、パジャマの裾を握りしめている。柊は「そういえば」と話を逸らす。

「今日も褒められたぞ、刺繍」

キャップに刺繍を施してほしいという柊のリクエストに、楓太は翌日即行で応えてくれた。落ち着いたシルバー一色で象られた小さなヨットは、シンプルで控えめだけがしっとりとした大人の高級感を醸し出していた。撮影所のスタッフや共演者から「どこのブランドですか?」と尋ねられ「内緒」と答えるたび、誰にも知られていない秘密アイテムを手に入れたような、どこか少年めいた喜びを覚えた。

「行く先々で褒められるんだ。鼻が高い」

「あんなものでよければ、みなさんにも」

楓太がほんの少しだけ目元を緩めた。

「ダメだ。世界でひとつだけのキャップにしておきたいから誰にも教えるつもりはない」

若干ムキになって応えると、楓太がプッと小さく噴き出した。

「なにがおかしい」

「だって……」

クスクス笑う横顔が可愛くてたまらない。楓太が他の誰かのキャップに刺繍をするところを想像すると、形容しがたい不快感が込み上げてくる。

「俺は心の狭い人間だ」

「僕は何も言ってませんけど」

楓太の表情がすっかり和らいでいる。柊はおもむろに手を伸ばし、楓太の頭頂部でポンポンと二度、手のひらを弾ませた。

「なっ……」

楓太が息を呑んだ。黒縁眼鏡の奥の瞳が驚きに見開かれている。

「あ、あの」

「『いつもありがとう』のポンポンだ」

何か文句あるかと横目で軽く睨むと、その頬がみるみる朱に染まっていく。

「体調に変化は？」

「……ないです」

「だろ。これくらいの接触は気にしなくて大丈夫ってことだ」

「……はい」

楓太は俯いたままだったが、上気した顔からはさっきまでの緊張が消えていた。

「だから俺が近づくたびにいちいちビクビクするな。地味に落ち込む」

思わず飛び出した本音に、楓太はハッとしたように顔を上げた。そして首筋まで赤くしながら小さな声で「わかりました」と呟いたのだった。

＊＊＊＊

「ふうちゃーん、お花とってきた！」

「ひまわりだよ。はいどうぞ」

振り向くと、麦わら帽子を被った奏介と耀介が並んで立っていた。それぞれが手にした小さな向日葵(ひまわり)を、楓太に向かって差し出している。庭の片隅に群生していた向日葵だろう。

「わあ、とってもきれいだね」

たった今まで照りつける太陽と向き合っていただけあって、向日葵からは真夏の香りが立ち上っていた。九月も半ばを過ぎたというのに少しも色褪せていない。

「ふたりともありがとう。花瓶に入れてテーブルに飾ろうね」

「うん！　早くおたんじょうび会にならないかな～」

「早くマリアさん来ないかな～」

「あはは、マリアさんは夕方にならないと来ないよ」

ふたりの汗をタオルで拭ってやりながら、楓太は苦笑する。

「それよりマリアさん、フルーツケーキを買ってきてくれるって言っていたよ」

「わあ、奏ちゃんフルーツ大好き！　メロンがいちばん好き！」

「耀ちゃんはバナナ！　ふうちゃんは？」

「そうだなあ、僕はイチゴが一番好きかな。全部載っているといいね」

ふたりは「ぜんぶのってるよ！」「ぜったいにのってるよ！」と飛び跳ねた。

「ね、奏ちゃん、ハッピーバースデー、もう一回れんしゅうしようよ」

「そうだね。れんしゅうしよう」

ふたりは楽しそうにパタパタと子供部屋へ向かっていった。その後ろ姿を、楓太は笑顔で見守った。

この日、楓太は二十一回目の誕生日を迎えた。昨日の夕方のことだった。絶妙なタイミングで奏介に誕生日を尋ねられた楓太は『実は明日なんだ』と答えた。なんの気なしに教えてしまったのだが、折も折、今朝久しぶりにマリアが佐野宮邸を訪ねてきた。ふたりからこの日が楓太の誕生日だと聞かされたマリアは『あら、それじゃあお祝いをしなくちゃ』と破顔し、急遽誕生日会が開催されることになったのだった。

申し訳ないと辞退を試みる楓太に、マリアはにっこりと微笑んだ。

『あたしね、パーティーが大好きなの。だって何かをお祝いするために人が集まるって素敵なことじゃない？　それが盛大なものであっても、ささやかなものであってもね』

マリアと顔を合わせるのは初めてだったが、その笑顔は咲き誇る花のように華やかだった。そこに佇んでいるだけで人の目を惹きつけてしまう。醸し出す雰囲気は、母子だから当然なのだろうが柊のそれととてもよく似ていた。一見取っつきにくそうなのに、話してみると案外懐が深いところも。

去年と一昨年は、航平たち数人の友人がささやかな誕生日会を開いてくれたのだが、シッターを引き受けたために今年はそれが叶わなかった。それだけにマリアの心遣いは、心から嬉しかった。

昨夜遅く帰宅し、楓太とも弟たちとも顔を合わせることなく早朝からロケに出かけていった柊は、誕生日会のことを知らない。この日が楓太の誕生日だということも、もちろん知らないはずだ。しかもロケは一泊の予定で、明日の夜まで会えない。

ちょっぴり寂しい気もするけれど、反面ホッとしてもいる。

——だって……。

三日前、楓太は人生初の「頭ポンポン」を経験した。幼い頃親や姉にされたことはあるけれど、他人にされるのは初めてだ。柊の手のひらを頭頂部に感じた瞬間、何が起こったのかわからなかった。数秒後、ポンポンされたのだと気づき身体中がカーッと熱くなった。『「いつもありがとう」のポンポンだ』と柊は言った。わかっている。それ以上の意味などあるわけがない。わかっていても不意にあんなことをされたら挙動不審になってしまう。

——可愛いって、言ってくれたよな。

聞き間違えでなければ『アホ面』の前に『可愛い』がついていた気がする。しかも。

去り際の台詞を思い出すたびに、ついニヤニヤしてしまう。

『だから俺が近づくたびにいちいちビクビクするな。地味に落ち込む』

——落ち込むって……。

柊との物理的な距離が近づくたびに、あの日のキスを思い出して緊張してしまうのは事実だ。失礼な態度だとわかっていたし、申し訳ないとも思っていたけれど、よもや柊が落ち込んでいたとは夢にも思わなかった。

夜ごと鑑賞している映画の中の柊は、疑いの余地のない大スターだ。時折テレビのＣＭ

で見かけるだけだった頃にはわからなかったけれど、彼の虜になってしまう人々の気持ちが、今はよくわかる。

けれど楓太が一番に惹かれるのは、大スターの鎧(よろい)を脱いだ人間・佐野宮柊だ。クールな表情の中に垣間見える少年っぽさや、ふとした瞬間に見せる優しさ。そして先日のような不意の接触。プライベートな彼の表情に触れるにつけ、心の奥底を甘く揺さぶられる自分がいる。

どんなに疲れて帰ってきても、必ず奏介と耀介の寝顔を確認する柊。幼い弟たちを見つめる時の穏やかな瞳が楓太は大好きだ。子育てをしながらトップスターの仕事をこなすのは想像を絶する大変さだ。マリアや春江の助けがあるとはいえ、目の回るような忙しさの中、二年以上もこの暮らしを続けてきたのは、きっと自分と同じような寂しさをふたりに味わわせたくないからなのだろう。

楓太は左手首に嵌めた腕時計の文字盤を、指先でそっとなぞった。

『どうしたらこの気持ちをお前に伝えられるんだ』

クールなマスクに隠された柊の素顔に触れた瞬間、胸に湧き上がった感情を、どんな言葉で表したらいいのか楓太は知らない。

物や金では決して埋められないものがある。それでも玄やマリアに「埋めてやりたい」という気持ちがあったことに、柊は気づいていたはずだ。だから楓太は腕時計を受け取ることにした。不器用な愛情を否定しないために。

――優しい人なんだよな……。

楓太にはずっと気になっていることがあった。

『おい、何を考えているんだ。彼はオメガだろ』

白坂の放った言葉が、時折蘇ってはチクリと胸を刺す。初対面の印象からあまり好感を持たれていないのではと感じていたが、あの時はっきりと自覚した。白坂は自分を「柊を脅かす厄介者のオメガ」だと思っているのだ。

楓太の存在が、柊と白坂との関係に何かしらの軋みを生んでいるだろうことは想像に難くない。それなのに柊は、楓太をシッターとして雇い続けてくれている。

――だからこそ、できる限り佐野宮さんの力になりたい。期待に応えたい。

シッターを引き受けて間もなく二週間。楓太はそんなことを思うようになっていた。

色とりどりの折り紙と風船で飾りつけたリビングで開催されたのは、ささやかな、けれど心の籠もった誕生日会だった。奏介と耀介は「ハッピーバースデートゥーユー」の他にも幼稚園で歌っている何曲かの歌を披露し、それぞれが描いた楓太の似顔絵をプレゼントしてくれた。

マリアが手配してくれたケータリングの料理とフルーツケーキを食べ、お腹いっぱいになるとふたりはソファーの上で目を擦り始めた。慌てて風呂に入れると、絵本を読む間もなく揃って夢の世界に旅立ってしまった。

「寝たの？」

リビングに戻るとマリアがワインのボトルを用意していた。

「はい。ベッドに入って一分でした」

「あなたにかかると呆気ないわね。あたしなんか、いつも十冊以上読まされるわ」

マリアが肩を竦める。

「張り切りすぎて疲れたのかもしれませんね」

「そうかもしれないわね。食後酒のアイスワイン。あなたも飲むでしょ？」

「あ……はい、それじゃ一杯だけ」

酒はあまり強くはないが、まったく飲めないわけでもない。楓太はマリアと今日二度目の乾杯をした。

「芸能界なんて魑魅魍魎の巣窟よ。みんな自分を華やかに見せようと、薔薇だの胡蝶蘭だのに成り切るの」

酔うにつれてマリアは饒舌になっていく。

「僕には絶対に無理な世界ですね」

「そうね。間違いなくあなたは向いていないわね」

マリアは「あははは」と天井を仰ぎ、自分のグラスになみなみとワインを注いだ。

「みーんな自己顕示欲と承認欲求の塊。そうじゃないと生き残れないの。一部の特別な人間以外はね」

「一部の特別な人間……アルファってことですか」

マリアはグラスに口をつけたまま頷いた。

「でもアルファの俳優ってだけなら珍しくないわ。玄もアルファだった。でもギフテッドアルファの俳優は、私の知っている限り世界中で柊だけよ」

「ギフテッド、アルファ？」

「あなた、柊からそのこと聞いていないの？」

はい、と頷くと、マリアはほんの少し眉根を寄せてグラスをテーブルに置いた。

全人口の〇・一パーセントしかいないアルファ。その中でもアルファの特性が極めて色濃い人間はギフテッドアルファと呼ばれるという。政財界のトップ、オリンピックのメダリスト、著名な芸術家などはギフテッドアルファであることが多いが、何分全世界に一千万人弱しか存在しないため、まだ研究が追いついていないのだとマリアは語った。

「顕示なんかしなくても周りから寄ってくる。欲求なんてなくても勝手に承認される。ルックスも才能も、俳優になるためのすべてを手にしている。もちろん本人の努力もあるけれど、百年にひとり出るか出ないかの逸材ね」

「佐野宮家は俳優一家ですもんね」

さもありなんと頷く楓太に、マリアは「違うわ」と首を振った。

「デビュー前の柊は、芸能界になんてこれっぽっちも興味はなかった。それどころか小さい頃からほったらかしにされて、金で子守をされたせいでこの世界を嫌ってさえいたわ」

そんな柊が俳優デビューに至ったきっかけはスカウトだったとマリアは言った。高校に入った頃から、街を歩くたびあちこちの芸能事務所からスカウトの声がかかったという。何度誘われても「興味はない」と断り続けていたのだが、ある時ついに足を止めた。

「あの子が愛読していた推理小説が映画化されることになったの。その主役のオーディションを受けてみないかって誘われたの」

柊は見事に役を射止めた。

「難しい役どころだったんだけど、親の私が舌を巻くくらいの演技だったわ」

圧巻の演技力に、その年のうちに主演映画の話が決まった。

息子を語るマリアの目は、どこまでも優しく慈愛に満ちていた。幼かった柊がどんなに寂しい思いをしていたか、マリアはちゃんとわかっている。だからこの二年間、自分の仕事をセーブしてまで奏介と耀介の面倒を見てきたのだろう。

不器用だけれど心根は温かい。やっぱり柊の母親だと心の中で頷いていると、マリアが思いもよらないことを口にした。

「柊があなたに惹かれた理由が、あたしにはよくわかるわ」

楓太は思わず「へ?」と間抜けな声を出す。

「あの子は演技することは好きでも、周りの女優やらタレントやらとプライベートでまで絡むのは苦手なはずよ。毎日毎日、自称薔薇だの似非胡蝶蘭だのに囲まれて辟易していたんでしょう。そこへあなたみたいな——野に咲く名もない可憐な花? みたいな子が現れてホッとしたんでしょう」

「ホッとって……あの、僕はただのシッターですけど」

「いいのよ、隠さなくても」

マリアが手をひらひらさせる。何か大きな誤解をされている気がして楓太は慌てた。

「な、何も隠していません。僕は本当にただのシッターなんです」

「……本当に?」

「本当です」

大真面目に頷く楓太に、マリアは拍子抜けしたように「あらそうなの」と首を傾げた。

「まあいいわ。いずれわかることよ。さ、そろそろ帰るわ」

いずれ何がわかるというのか、尋ねる暇も与えずマリアは帰っていった。

ほとんど彼女がひとりで空けたワインボトルと、ふたり分のグラスを片づける。時刻は深夜十一時を回っていた。そろそろベッドに入らなくてはと思うのに、ちっとも眠くない。

楓太はリビングボードの扉を開け、今夜の一作を手にした。

「これ……いよいよ観てみようかな」

恒例となりつつある深夜の映画鑑賞。この夜楓太が選んだのは、数ある柊の主演作品の中で、最も官能的だと評判の恋愛映画だ。

緊張と期待を胸に、楓太は円盤をデッキに挿入した。もしかしたらエッチなのは最後の方だけかもしれないし、などという甘い考えは物語の初っ端に打ち砕かれた。冒頭から柊は女性とベッドにいた。毛布に包まったふたりが何をしているのかは、シルエットでわかる。聞こえてくるのは柊の荒い息遣いと、女性の甘ったるい嬌声だけだ。

「うわあ……」

あっという間に頬が熱くなる。楓太は両手で顔を覆い、指の隙間からチラチラと画面を覗いた。

『気持ちいいって言えよ』

低い声で柊が囁く。淫猥な響きに、身体中が熱くなる。

『あ……いい、すごく……』

――これはちょっと……。

かなり心臓に悪い。最後まで観ていられないかもしれないと弱気になった時だ。

玄関の方で物音がした。楓太は反射的にＤＶＤの電源を切る。この家の鍵を持っているのは、主の柊以外には楓太とマリアと春江の三人だけだ。マリアはさっき帰宅したばかりだし忘れ物をした様子もない。春江なら来る前に連絡をくれるはずだ。

——ってことはまさか……。

答えを出す間もなく、まさかの人物がこちらに向かって大股で歩いてきた。今夜は泊まりだと言っていたのに、また予定が変更になったのだろうか。楓太は慌てて立ち上がる。

「佐野宮さん、お、お帰りなさい」

たった今まで観ていたエロティックなシーンがチラつき、無駄に身体が火照る。そんな楓太の内心にお構いなしに、柊はずんずんと近づいてくる。

「なぜ言わなかったんだ」

「へ？」

「今日が誕生日だって、なぜ言わなかった」

仁王立ちのまま柊は楓太を睨み下ろした。

——な、なんかものすごく怒ってる……？

「と、特に聞かれなかったので」

「そういう大事なことは聞かれなくても言え」

誕生日を知らせなかったことで、柊の機嫌を損ねるとは思ってもみなかった。楓太はとりあえず「すみません」と頭を下げた。

「あいつらが知らせてきたから間に合ったものの」

柊はポケットから取り出したスマホの画面を、楓太に向かって「ん」と突き出した。

「あ……」

奏介と耀介が歌うハッピーバースデーに、楓太が笑顔で手拍子を送っている。数時間前にマリアが撮ってくれた動画だった。

「『ふたりしてあなたに送れ送れとうるさいから送ります』だそうだ」

マリアからのメッセージを読み上げる声も、あからさまに不機嫌だった。

「俺のいないところでハッピーバースデー歌って、ケーキ食って?」

柊の分のケーキは取ってあるのだが、ここで言えば火に油を注ぐことになるだろう。

「俺ひとりだけ知らなくて?」

「……すみません」

「不愉快だ。プレゼントを用意する暇もなかった」

そんなに怒らなくても、と涙が滲みそうになった瞬間だった。長い腕が伸びてきて、息が止まるほど強く抱きしめられた。

「なっ……」

突然のことに目を白黒させる楓太の耳元で、柊が「誕生日おめでとう」と囁いた。低く甘いベルベットボイスに耳朶を擽られ、全身の産毛がざわりとした。

——こんなことされたら……。

戸惑いを不安が追い越す直前、柊は楓太の身体を解放した。

「こ、これくらいなら平気だろ、多分」

珍しくどこか焦ったような口調だった。楓太は半ば自分に言い聞かせるように答える。

「へ、平気です。大丈夫です」

「今の俺のありったけの『おめでとう』だ。受け取れ」

柊が両手で楓太の頬をふわりと挟む。

「プレゼントは後日あらためてな」

——うわあ……。

至近距離の微笑みはとびきりに素敵で、楓太は軽い目眩を覚えた。

「……ハ、ハグだけで十分です。ありがとうございます」

ずれた眼鏡を直しながら真っ赤な頬で答えると、柊はなぜか小さく眉根を寄せた。

「あのな、楓太。お前、自分では気づいていないんだろうけど……」

柊は少しの間何かを言いあぐね、「いや、なんでもない」と首を振った。楓太は眼鏡の奥の目を瞬かせ、きょとんと首を傾げる。

「だからほら、そういう顔だ」

「へ？」

「そういう顔を、あちこちでするな」

そういう顔ってどういう顔だろう。今自分はどんな顔をしているのだろう。頭の中が「?」でいっぱいになる。

「とにかくいつ何時も眼鏡だけはしておけ。ゆめゆめコンタクトにしようなどと考えるなよ。あと前髪の長さもそれくらいがいい。切るな。いいな」

今のところコンタクトレンズにする予定などないのに。謎の命令を残し、柊はくるりと背を向けた。

「ちょっ、どこへ行くんですか」

「ホテルに帰るに決まってるだろ。タクシーを外に待たせてある」

「えっ、ホテルって……」

今日の宿泊先は北関東の外れだ。高速道路を飛ばしてもゆうに二時間はかかる。

「明日も早朝からロケだ。予定通り終われば帰りは明日の夜。遅くなるだろうから晩飯はいらない。あいつらをよろしく。ああ、玄関まで送らなくていい。じゃあな。おやすみ」

言いたいことだけ言うと、柊は来た時と同じようにスタスタと去っていってしまった。嵐の後にひとり残された楓太は、呆然とその場に立ち尽くす。

「なん……だったんだろ、今の」

連絡もなしに突然帰ってきた柊に、なぜ誕生日だと教えなかったと詰られ、いきなりハグされ、おめでとうと言われ、頬を両手で挟まれ、そういう顔をするなと言われ――。

何がなんだかわからないまま、楓太はソファーにぺたんと腰を落とした。頭は混乱したままだが、ひとつだけはっきりしていることがある。

誕生日おめでとう。そのひと言を伝えるためだけに、柊が深夜にホテルを抜け出し片道二時間の道を往復してくれたということだ。そして楓太の誕生日を『大事なこと』と言ってくれた。

「ハグなんて芸能界じゃ、ただの挨拶だから。うん……挨拶だよ、ただの」

必死に言い聞かせるのに、胸の奥底からじわじわと湧いてくる喜びを止められない。火照りを宿したままの身体を自分の腕で抱きしめてみる。ハグの感覚が蘇り、鼓動が高まる。平気ですとさっきは答えたけれど、実はハグされた瞬間、下腹の奥に軽い疼きが走った。

不安と喜びが織りなす混沌（こんとん）が危険な甘さを孕んでいく。感情がイケナイ方向に向かっていると感じながらも、徐々に自分を支配していくどろりと甘ったるい何かを制御できない。

『こ、これくらいなら平気だろ、多分』

柊のあれほど焦った声を聞いたのは初めてだった。もしかするとあのハグは、最初からしようと決めていたわけではなく、衝動的なものだったのかもしれない。

柊を衝き動かしたものがなんなのか。そこに思い至った瞬間、楓太はようやく火照っていた身体がスーッと冷めていくのを感じた。

――ダメだ。

この感情はダメだ。自分は奏介と耀介のシッターだ。柊が楓太がオメガであることを承知で雇い入れてくれたのは、他のシッターには決して懐かなかった弟たちが、なぜか楓太にだけ心を許したからだ。そういった特殊な事情がなければ、今ここに自分はいない。

柊は危険を冒してまで楓太を雇ってくれた。信用してくれたのだ。その信頼を裏切ってはならない。寄せられた信頼に応えることだけに集中しなければならない。

楓太はすくっと立ち上がり、与えられた自室へと向かった。バッグの中から抑制剤を取り出し口の中に放り込む。通常一錠服用する薬を、今夜は念のために三錠飲んだ。

——これが僕の砦だ。

甘い気分を振り切るように、楓太は薬の袋を握りしめる。それでも蘇ってくるハグの感覚に、大いに困惑しながら。


「ふうちゃん、いってらっしゃーい！」

「いってらっしゃい！　早く帰ってきてね」

「こら耀介、そこは『ゆっくりしてきてね』だろ」

柊に窘められた耀介が「だって、ふうちゃんがいないとさびしいもん」と口を尖らせる。

素直なわがままが愛おしくて、楓太は「なるべく早く帰ってくるからね」と微笑んだ。

その日、楓太は大学祭実行委員会の打ち合わせのため、数日ぶりに大学へ出かけることになった。柊の撮影は午後からで、昼前には春江が来てくれることになっている。

「春江さんが六時までいてくれるそうだ。こっちは心配いらないからゆっくりしてこい」

「はい。ありがとうございます」

「ふうちゃん、早く……じゃなくて、ゆっくりしてきてね！」

「いってらっしゃい。ゆっくりしたら、早く帰ってきてね！」

玄関先で三人が手を振る。ちょっぴりくすぐったい感覚が心地よくて、楓太は笑顔で久しぶりのキャンパスへと向かったのだった。

シッターを始めたおかげで二回ほど欠席している間に、委員会の方にはちょっと大きな進展があった。出演交渉をしていた人気バンド『リップスティックドリーム』、通称『リプドリ』の所属事務所から、ようやく出演OKの連絡があったのだ。

『リプドリ』は目下人気急上昇中の四人組バンドだ。ボーカルが五年前に慶青を卒業したOBということもあり、委員会では彼らがメジャーデビューした二年前から地道に出演交渉を続けてきた。

「いやあ、マジで嬉しい。めっちゃ嬉しい。粘った甲斐(かい)があったわ」

「ユーチューブの再生回数が増えるたび、さすがに無理かなあって思ってたからな」

久しぶりに訪れた委員会室には、企画局の面々を中心にすでに二十名ほどが集っていた。

あちこちに小さな輪ができていて、どこもその話題で持ち切りだ。

「お、楓太、来たな。『リプドリ』の件、聞いただろ？」

広田の問いかけに、楓太は「はい」と笑顔で頷いた。

「すごいですね。びっくりしました」

楓太の声に気づいた航平が、部屋の隅から「俺も超ビビった」と近寄ってきた。

「ホント、嬉しいね」

「うん。お祝いしたくなるね」

女子の委員たちも顔を綻ばせて頷き合っている。苦労や面倒も多い委員会活動の中で、報われたと感じるのはこういう瞬間だ。それをみんなで分かち合うことで、喜びが何倍にも膨れ上がることを、楓太はもう知っている。

「んじゃさ、今日終わったらカラオケでも行く？　交渉締結祝いの昼カラ」

航平の提案に、周りにいた委員たちから「いいね」「賛成」と声が上がる。

「おっけ。午後からカラオケ行けるやつ、手ぇ上げて」

部屋のあちこちから「はーい」「行ける」「私も行ける」と手が上がる。

──カラオケか……。

昼カラだから、夕方には解散になるだろう。春江が帰るのは六時だから、それまでには佐野宮家に戻れるはずだ。

——でもカラオケは苦手だし……。

高校時代、クラスメイトたちに誘われて行った初めてのカラオケで、知らない曲を勝手に入れられて無理矢理マイクを持たされ、挙句女の子たちに『めっちゃ赤くなってる～、可愛い～』とからかわれた苦い思い出があるのだ。

どうしようかと迷う楓太の肩に航平が手を回した。

「行くよな？　楓太」

「あ、えっと……」

「大丈夫。無理矢理歌えとか言わねえから」

航平の囁きに、楓太の心はふわりと軽くなる。

「行こう……かな」

「よっしゃ、決まりだ」

肩に載せた手を放した航平だったが、なぜか「うわっ」と声を上げ、今度は手首の近くを強く握った。

「楓太、おまっ、これっ、まさか」

航平は、楓太の左手首に巻かれた腕時計を凝視していた。

「航平、知ってるんだ、これ」

「知ってるも何も、どうやって手に入れたんだよ。こんなレアな時計」

やっぱり相当人気のある時計だったんだなあ、などとのんびり考えているうちに、四方から集まってきた委員会メンバーに取り囲まれてしまった。

「うわっ、なんで楓太がエテオールのヴァーグなんかしてるんだ？」

「しかもこれ、今年の限定モデルじゃん。すげえな」

「並木くん、こう見えて実はダイバーだったりする？」

「するわけねえだろ。てか楓太、これ本物なのか？」

真面目な中学生のような服装や髪型に、センスの欠片もない黒縁眼鏡。オシャレにも流行にもまるで縁のない楓太が、世の若者垂涎の一品を身につけてきたのだ。みんなが揃って驚愕するのも無理のない話だった。数名の手によって左腕を拘束された楓太は、「い、一応本物みたい」と答えるのがやっとだった。

「並木さん、どうやって手に入れたんですか？　何か特別なツテがあったんですか？」

涙目で尋ねてきたのは二年生の女子だ。確か以前、佐野宮柊のファンクラブに入っていると言っていた気がする。

「ツテは特に……」

「わかった。誕生日プレゼントだろ」

数日前に誕生日を迎えたことを知っている航平が、ポンとひとつ手を叩いた。

「そ、そうなんだ。プ、プレゼントにもらったんだ」

「誰からですか？　彼女さんですか？　それともご両親とか？」

二年生の女子は、尋ねながら片時も腕時計から視線を外さない。きっと時計の向こう側にいる大好きな柊を見ているのだろう。

「か、彼女なんていないよ」

照れながら答えた途端、周囲に「それはわかっている」という空気が流れる。楓太は若干脱力しながら、「バイト先の人」と呟いた。

「バイト先って、シッターやってる家の人か」と航平が尋ねる。

「うん。そう」

腋に冷たい汗が流れる。こういう時、上手く切り抜ける方法を楓太は知らない。まったくうそではない、全部うそではない、とひたすら自分に言い聞かせる。

「すげーな。バイトにこんな高級腕時計くれるなんて。金持ちなのか？」

「あ……うん。かなり」

「いいなあ、金持ち。やっぱプールとかあったりするの？」

同じ総務局の女子がうっとりと尋ねる。

「あ……うん。あった」

ビニールプールだけどね、と心の中でつけ加えた。

これ以上突っ込まれたらどうしようと、断崖絶壁を背にしたようにドキドキしていたが、女子たちの話題は腕時計から柊本人へと移っていった。

「そういえば柊、最近、色気がすごくない？」

「私もそう思った！　まーさーかー」

「恋人ができた、とか？」

いやあああ、と何人かが断末魔の叫びを上げる。「やかましい」と航平が苦笑した。

「柊に育ててもらってる弟くんたち、羨ましいなあ」

「だよねえ。朝起きたらそこに佐野宮柊がいるわけでしょ？」

「私それはちょっと困る。二十四時間化粧落とせない」

わかる〜と、賛同の笑いが響く。

「柊に絵本とか読んでもらってるのかなあ。あのクールボイスで。贅沢だよねえ」

まったくだよね、と楓太は内心同意する。

——でも奏ちゃんも耀ちゃんも、僕の方がいいって言ってくれたみたいだけど。

楓太はひっそりと笑みを浮かべた。

「柊にご飯食べさせてもらってさあ、『ほら、ここにご飯粒ついてるぞ』とか言われて、あの長い指で取ってもらったりして」

「きゃあ〜、私ご飯粒になりたい」

「でもって『そろそろお風呂に入るか』とか言われて」

いやあああ、と再び悲鳴が上がったところで、委員長の広田から「いい加減にしろ。そろそろ仕事始めるぞ」と喝が入った。

――みんな、妄想がすごい……。

芸能界にまるで興味のなかった楓太は知らなかった。みんな自分の好きな芸能人から、夢という名の幸せをもらっているのだ。もし彼が恋人だったら、もし彼女と一緒に暮らすことになったら、もしあの人と道でバッタリ出会ったら――。起きるわけがないとわかっていても想像する。妄想する。好きな芸能人というのは、ままならない現実の中にぽっかりと現れたオアシスのような存在なのかもしれない。

――僕はみんなの夢を、現実にしちゃっているんだな。

ご飯粒を取ってもらったことはないし、お風呂に入るかと言われたこともない。けれど頭をポンポンしてもらったり、ハグをしてもらったり、誕生日を「大事なこと」と言ってもらったり。多分楓太が柊にしてもらったことをみんなが知ったら、さっきの百万倍規模の悲鳴が上がるだろう。悲鳴で窓ガラスが割れるかもしれない。

――本当のことは言えない。絶対に。

妙な緊張の中にしかし、とろりと甘い感情が混じるのを止められない。抱きしめられた時の腕の力強さ、ふわりと香った男っぽい匂い、頬を挟む大きな手のひらと、普段のクールさからは想像もできない柔らかな微笑み――。みんなが知らない柊を、自分だけが知っている。うずうずと心の奥が甘く疼くような感情は、喜びととてもよく似ていた。

昼カラには総勢十人ほどが参加した。「無理矢理歌わせたりしない」と言ったくせに、航平は「その腕時計をしているんだから、佐野宮柊の歌を歌え」と楓太にマイクを持たせた。仕方なく選んだのはもちろん『きみのいない春』。それ以外、楓太に歌える歌はない。

「きみの声が聞こえた気がして——」

心臓をバクバクさせながら歌い出すと、ざわざわとしていた室内が水を打ったように静まり返った。みんな飲み物を持つ手を止め、どこか驚いた様子でこちらを凝視している。

——え、もしかして、歌詞間違えた？

さらに鼓動が激しくなる。しかしマイクを持つ手を震わせながら歌い終わった楓太は、人生初と言っても過言ではない盛大な拍手に包まれた。

「ちょっと並木くん、こんなに歌上手いとか聞いていないんだけど」

「マジで鳥肌立った」

「そ、そうかな。お世辞でも嬉しい——」

「お世辞じゃないってば！」

なぜかバシンと背中を叩かれた。痛い。

「めっちゃ声きれいだし」

そんなことを言われたのは生まれて初めてだ。というより大人になってから人前で歌を歌う機会がなかったので、自分の歌声を評価されたこと自体が初めてだった。

「並木くん、こう見えて実はシンガーだったりする？」

「するように見える？」

「う～ん、ごめん。まったく見えない」

あははは、とみんなの笑い声がこだましたところでポケットの中のスマホが振動した。画面に表示されている名前に、楓太はハッとした。春江からだった。

慌てて室外に飛び出した。まさか子供たちに何かあったのだろうかと一瞬不安が過ったが、春江が告げたのは思いもよらないことだった。

『柊さんが、忘れ物をされたのよ』

柊は今から一時間ほど前に撮影所へ出かけたという。ところが子供たちにお昼ご飯を食べさせてリビングに戻った春江は、ソファーの脇に置かれた紙袋に気づいた。それは昨日、春江が柊に頼まれて用意したライオン堂の水ようかんだった。

『今撮影中のドラマで共演されている女優さんが、ライオン堂の水ようかんが大のお気に入りらしくて、柊さんが今日差し入れをすることになっていたんだけど』

出がけまで弟たちと遊んでいて、すっかり忘れてしまったのだろうと春江は言った。柊に連絡をしたが、撮影中だったらしく電話に出ない。仕方なく白坂に電話をすると『何時でもいいので届けていただけるとありがたい』と言われたのだという。

『わがままな女優さんみたいで、機嫌を損ねると大変らしいの。すぐにでも届けて差し上げたいんだけど、あいにく奏ちゃんと耀ちゃんがお昼寝中で』

「事情はわかりました。僕が届けます」

　楓太は取り急ぎ、佐野宮邸へと戻った。

　ライオン堂の水ようかんが詰まった紙袋を携え、楓太はタクシーで撮影所へと向かった。今日柊が詰めているのは、佐野宮邸から車で四十分ほどのところにある北英東京撮影所。国内最大級の撮影施設だ。広大な敷地の中にたくさんのスタジオや関連施設が点在していて、案内なしに足を踏み入れたら高確率で迷子になってしまう。白坂が受付に話を通しておいてくれたおかげで、楓太は迷子になることなく柊が撮影を行っているD棟へ辿り着くことができた。

「失礼します……」

　D棟の扉を恐る恐る開ける。目に入ったのは天井からぶら下がった数多くのライトだった。撮影所などというところに来るのはもちろん生まれて初めてで、俄かに緊張感が増す。壁と衝立の間をドキドキしながら進んでいくと、撮影用の道具のようなものが雑多に置かれたスペースに出た。スタッフらしき数名の男女が忙しなく行き来していたが、楓太を気に留める者はいなかった。

——佐野宮さん、どこにいるのかな。

D棟にさえ来れば会えると思っていたのに。想像以上の広さと複雑な構造に、D棟内で迷ってしまいそうだった。

仕方なくさらに奥へと進んだ楓太は、最奥に置かれた休憩用のテーブルに、会いたかった人の姿を見つけた。スーツ姿でパイプ椅子に腰かけ、台本らしき冊子に目を落としている。そんな何気ない姿もやはり、ほえ~と間抜けな声が出てしまいそうなほど格好いい。

今朝見送られたばかりなのに、もう何年も会えずにいたような気がする。嬉しくなって楓太は早足で近づいていく。声をかければ気づいてもらえる距離まで来た時だ。他にも人がいるのが見えた。テーブルを挟んで柊に何か話しかけている。

——あの人、確か……。

神林拓真(かんばやしたくま)。今人気急上昇中の若手俳優だ。すぐに名前が出てきたのは、奏介と耀介が時々観ているヒーローもののDVDに、彼がレッドとして出演していたからだ。男性アイドルを多数輩出している事務所に所属している拓真は、大きな瞳をいつもキラキラ輝かせ「絵本の王子さまみたい」と女性を中心に人気を博している。

そしておそらく彼も自分と同じオメガだ。オメガはその特性上中性的な魅力を持つ者が少なくない。平凡な市井の暮らしの中で、オメガであることが有利に働くことはほとんどない。しかし際立った個性が求められる芸能界においては、その特性を逆手に取り、武器にして活躍することも可能だ。

拓真が柊に話しかける。台本に目を落としていた柊は一瞬その視線を上げ、ひと言ふた言何か応じた。拓真は破顔し柊の隣に席を移す。そしてぷーっと頬を膨らませたかと思うと、すいっと柊の台本を取り上げた。

——あ……。

柊が苦笑しながら台本を取り返すのを見て、楓太はたまらず視線を逸らしてしまう。見てはいけないものを見てしまったような、なんとも言えない気分で立ち尽くしていると、背後から「並木くん?」と声をかけられた。白坂だった。

「差し入れ、届けに来てくれたんだね」

「あ、はい……これ、お願いします」

「重かったでしょ。ありがとう」

紙袋を受け取る白坂の視線が、楓太の左手首に巻かれた腕時計を捉えた。楓太は咄嗟に左手を後ろ手に回す。悪いことをしているわけでもないのに、罪悪感に苛まれる。

『おい、何を考えているんだ。彼はオメガだろ』

あの日の白坂の声が、脳裏にこだまする。

「やっぱりきみへのプレゼントだったんだね」

「……すみません」

「別に謝ることじゃないでしょ。柊が珍しく『どうにか手に入らないか』なんて言うから、そうじゃないかなとは思っていたんだ」

「……すみません」

縮こまって謝ると、白坂はため息混じりに「ちょっと座らないか」とスペースの片隅に置かれたパイプ椅子を二脚手に取った。壁際に並べて腰を下ろすと、柊と拓真の姿が見えなくなり少しホッとした。

「何もかも完璧に見えるんだけど、ごくたまにこの手のポカをやるんだ。そういう時、あ、あいつも普通の人間なんだなと思うよ」

白坂が「外、暑かったでしょ」と冷たいお茶を買ってくれた。

「……すみません」

「そればっかり」

「え?」

「すみません、すみませんって」

「ああっ、すみません、すみませ……あっ」

慌てて口を塞ぐと白坂がククッと小さく笑った。

——白坂さん、笑うんだ……。

冷えたお茶をひと口飲んだら、全身を包んでいた緊張がほんの少し解けた気がした。

「シッター、結構大変でしょ」

「はい。でも毎日楽しいです。奏ちゃんも耀ちゃんも、すごく可愛くて」

「今までのシッターにはまったく懐かなかったのにって、あいつ不思議がっていたよ」

「僕自身も理由はわからないんですけど、心を許してもらえたみたいでよかったです」

「こっちも雑用が減って助かってる」

——白坂さん……。

疎まれているとばかり思っていたのに。ちょっぴり嬉しくなった楓太だったが、白坂はすぐにその表情を硬くした。

「この厳しい世界で長く生き残っていくのは簡単なことじゃない。時には運を味方につけることも必要なんだ。スターの称号をほしいままにしている柊だって例外じゃない。小さなスキャンダルひとつで、あっという間に転げ落ちることもある」

スキャンダル。今の楓太はその火種になる可能性があると、白坂は言いたいのだろう。一気に胃の底が重くなる。

白坂は、自分は元々柊と同じ事務所に所属する俳優だったと打ち明けた。柊とほぼ同時期にデビューをしたが、すぐに彼の才能に圧倒されることになる。

「才能があるとかないとか、そんなレベルじゃない。ひとたび柊が演じると、それはもう柊の役になってしまうんだ。後で同じ作品を別の誰かが演じても、絶対に上書きできない。佐野宮柊っていうのは、そういう類まれな才覚を持った俳優なんだ」

俳優になるべくして生まれてきた男。十代でその才能を間近で見せつけられた白坂は、大学卒業を機に柊のマネージャーになることを決めたという。

「悔しいとはまったく思わなかった。俺は俳優・佐野宮柊の演技に心底惚れ込んだ。自分が演じるより、あいつのサポートをすることの方に魅力を感じたんだ」

以来ずっと二人三脚で芸能界をひた走ってきた。白坂は静かな口調でそう語った。

「どんなに才能があっても、人間的に素晴らしくても、求めてくれる人がいて活躍できる場を与えてもらえなければ、何を見せることも聞かせることもできない。俳優っていうのはそういう仕事なんだ。だから俺はどんなに小さなスキャンダルも未然にこの手で潰す。たとえ柊がそれを望まなくてもね」

「………」

白坂の口調は終始淡々としていて、決して楓太を追い詰めるようなものではなかった。しかしその内容からは、彼が楓太を「柊を惑わす危険なオメガ」と決めつけていることが伝わってくる。雑用が減って助かったと告げたその口で、スキャンダルの火種は潰すと断言する。白坂の真意はどこにあるのだろう。楓太はシンと冷えた心の片隅で困惑する。

「並木くんは『運命の番』って知ってるかな」

「……聞いたことはあります」

「柊がただのアルファではなく、ギフテッドアルファだってことは？」

「先日マリアさんから」

白坂は「そう」と小さく頷いた。

一千万人にも満たないギフテッドアルファに関する研究は、まだまだ道半ばだ。未知の部分が多い彼らについて、それでも近年徐々に明らかになってきたこともある。ギフテッドアルファの一部に『運命の番』と呼ばれるオメガが存在することもそのひとつだ。

「『運命の番』というのはその言葉の通り、生まれながらに結ばれる運命にある相手のことだ。出会った瞬間、どういった形でかはわからないが、互いにそれだと感じるという話だ。それと、彼らにはかなり高確率でキューピッドが存在するらしいんだ」

「キューピッド、ですか」

「ふたりを結びつける存在らしい。人だったり動物だったり、いろいろだと聞いている」

楓太は半信半疑のまま「はあ」と曖昧な返事をした。その話は初耳だった。

「言うまでもなく、柊はモテる。デビュー当時から今まで変わらず、熱狂的なファンの愛に支えられている。でもそれだけじゃない。同業者一般人を問わず、プライベートでも呆れるほどモテまくっている」

「…………」

わかっていても、あらためて言葉にされるとひどく胸が苦しい。

「それなのにあいつは一切靡かないんだ。俺の知る限り、あいつが今まで本気になった相手はただのひとりもいない。思うにそれはあいつにまだ見ぬ相手――つまり『運命の番』がいるからじゃないかと」

『運命の番』という言葉は何度か耳にしたことはあったが、都市伝説のレベルだと思っていた。しかし白坂の話では、決しておとぎ話の登場人物などではないようだ。

「俺は柊が恋愛すること自体を否定しているわけじゃないんだ。これでも俺なりにあいつの幸せを願っている。何せ自分の夢を捨ててまで惚れ込んだ俳優だからね。もし本当にあいつに『運命の番』がいるのなら、早く現れてほしいと思っている――」

白坂が不意に口を噤んだ。その視線を追うと、柊と拓真が肩を並べてセットの方へ歩いていくところだった。休憩時間が終わったらしい。

「どうする？　会っていく？」

楓太は俯きがちに首を横に振った。

「いえ、帰ります。お時間を取らせてすみませんでした」

白坂は「そう」と小さく頷き、「ていうか俺がきみを引き留めたんでしょ」と苦笑した。

「話せてよかったよ。気をつけて帰ってね」

「……ありがとうございます」

白坂の笑顔には冷血漢の欠片も感じられなくて、楓太はひたすら戸惑うのだった。

もやもやしたまま帰宅した。普段通りに振る舞おうとするのに上手くいかず、奏介と耀介に『元気ないよ？』『おさいふ落としたの？』と心配される始末だった。

ふたりを寝かしつけた後、楓太は早々に自室のベッドに入った。しかし昼間見た撮影所の光景が目蓋に浮かびなかなか寝つけない。柊はまだ帰宅しない。今夜の撮影も深夜に及ぶのだろう。

楓太は上半身を起こすと、傍らのスマホを手に取った。柊の過去の出演作品はほとんど観たけれど、今現在撮影中のドラマについて何も知らないことに気づいたのだ。

――事件ものだっていうのは聞いたけど……。

検索してみると、タイトル他、すでにいくつかの基本情報が上がっていた。

「佐野宮柊&神林拓真、初共演のダブル主演！」と銘打たれたそれは、バディものだという。柊が演じるのは敏腕検察官。対して拓真が演じるのは血気盛んな若手刑事。立場の違いから激しくぶつかり合いながらも互いの正義感を認め合い、難事件を次々解決していくといった内容だ。

【本作で佐野宮柊と神林拓真のふたりにタッグを組ませたのは、バディものを得意とするプロデューサーの五十嵐（いがらし）。かねてより佐野宮に憧れていた神林は、五十嵐Pからのオファーに飛び上がらんばかりに狂喜したという。「ずっと憧れていた佐野宮さんと共演できるなんて夢のようです。胸を借りるつもりで頑張ります。五十嵐さんはキューピッドです」。そう語る神林の瞳はやはり王子さまのようにキラキラと輝いていた――】

楓太は目を閉じ、スマホを布団の上に伏せた。

――キューピッド……か。

『ふたりを結びつける存在らしい。人だったり動物だったり、いろいろだと聞いている』

白坂の言葉が蘇る。柊と拓真は『運命の番』なのだろうか。結ばれる運命にあるのだろうか。自分にしたような、あるいはそれ以上に強いハグを、柊は拓真にするのだろうか。

「……嫌だ」

気づけば絞り出すような声が出ていた。そして楓太は唐突に気づく。

――どうしよう……本気で佐野宮さんを好きになっちゃった。

ダメだ、いけない。あれほど自分に言い聞かせてきたのに、気づけば本能が理性を振り切っていた。楓太は両手で顔を覆った。

『ここで待っていろ。すぐに戻るから。いいな』

『どうしたらこの気持ちをお前に伝えられるんだ』

『こ、これくらいなら平気だろ、多分』

徐々に縮まっていく距離が嬉しかった。誰も知らない柊を、自分だけが知っているような気になっていた。頭をポンポンされ、ハグをされ、誕生日を大事な日だと言ってもらって……いつからか心のどこかで、自分が柊の特別な存在だと思い込んでいた。

――ううん、そうじゃない。

特別な存在になりたかったのだ。佐野宮柊の、たったひとりの恋人になりたかった。

いつの間にそんな大それた願いを抱いていたのだろう。乾いた嗤(わら)いが漏れる。中学生の時から変わらない地味な髪型に、オシャレとは無縁の黒縁眼鏡。正面から人と接するのが苦手で、あがり症をごまかすために片時も眼鏡を外さずにいる。そんな自分が佐野宮柊の恋人に？　芸能界の大スターの？

どう考えたってなれるわけがない。始まったばかりの初恋の先にあるのは、暗澹(あんたん)たる未来だ。楓太はぎゅっと強く目を閉じた。目蓋の裏に浮かぶのは柊の顔ばかりだ。希望の欠片もないと頭ではわかっているのに、胸の奥の「好き」が勝手に膨れ上がっていく。

夏休みの終わりまでおよそ二週間。この家のシッターでいられる刻限が迫っている。初めからわかっていたことなのに、最近の楓太はその約束を都合よく忘れ去っていた。夏休みが終わっても時間が許す限りシッターを続けてくれないか。そのうち柊が、そんなふうに持ちかけてくれるかもしれないと、心のどこかで期待している自分がいた。

半年後、四年生になれば講義があるのはせいぜい週に二日だ。それ以外の日は今と同じように奏介と耀介の面倒を見られる。なんならそのままシッターとして佐野宮家に就職しても構わない。いつしかそんなことまで考えるようになっていた。

図々しいにもほどがある。楓太が気づいていないだけで、柊は今頃新しいシッター探しをしているかもしれない。いや、していない方が不自然だ。奏介と耀介が懐いたのは楓太が初めてだと言ったけれど、それは単にふたりが成長しただけなのかもしれない。新しいシッターを、自分に向けたのと同じような愛らしい笑顔で迎えるかもしれない。

──奏ちゃん、耀ちゃん……。

ふたりの幸せのためにはその方がいい。わかっていても胸が捩れるように痛む。

「佐野宮さん……」

愛しい名前を呟いた途端、身体が火照り、下腹の奥がズンと重くなった。

──まさか、ヒートが近づいてる……？

楓太は俯けていた顔を上げた。名前を口にしただけなのに。出会いの時のキスの感覚が蘇ってくる。ねっとりと絡みつく舌の感触、頬にかかる荒々しい吐息。何日経ってもリアルなままの記憶に、楓太はたまらず布団を跳ねのけベッドを降りた。

傍のバッグから抑制剤を取り出す。このままではいけない。欲望を制御できなくなったら、出会った日のようになってしまう。そんなことになればシッターを続けることはできない。

──何がなんでもヒートだけは避けなくちゃ。

抑制剤を五錠まとめて飲み込む。ふうっとため息をついたところで布団の上のスマホが振動した。一瞬ドキリとしたが、表示されていたのは想像した名前とは違った。

「もしもし……うん大丈夫……さっきは急にゴメン……全然、そういうんじゃないから」

カラオケを途中で抜けたことを心配した、航平からだった。

「大したトラブルじゃなかったんだ、本当に……うん……そうそう……」

航平の声に、なぜこんなにホッとしているのだろう。スマホ越しに他愛もない会話を交わすうち、身体の火照りは徐々に収まっていった。

——僕は……ただの大学生だ。

芸能界とは無縁の市井の学生なのだ。ゆめゆめそれを忘れてはいけない。約束の期限まできちんと仕事をこなし、その後はひとりの大学生に戻る。

——この恋心は墓まで持っていく。

不意に鼻の奥がツンとした。涙声にならないように、楓太はぐっと拳を握りしめた。

＊＊＊＊

予定より少し早めに帰宅した柊は、リビングの電気が消えていることに気づき、少なからず落胆した。

——今夜はもう寝たのか。

リビングボードに並んだＤＶＤを、あらかた観終わってしまったのだろう。柊はバッグとキャップをソファーに投げ置くと、すぐに二階へと続く階段を上った。いつも通り弟たちの寝顔を確認するとそのすぐ奥にある楓太の部屋の前に立った。ドアの隙間から明かりが漏れている。

「あっはは、それめっちゃ笑える……だよね……え、うそ、マジ？」

中から声が聞こえてきて、柊はノックをしようとした手を止めた。いつにないフランクな口調だった。声色も明るい。

「バレたらヤバイ……えっ、本当に？　あいつ単位もらえなくなるかも……ははは」

相手は大学の友人だろうか。ずいぶんと仲がよさそうだ。そして楽しそうだ。

楓太は普通の大学生だ。大学祭実行委員会にも入っているのだから、仲のいい友人のひとりやふたりいても当然だ。頭ではわかっているのに、なぜだろう胸の奥に小さな棘が刺さるのを感じた。

電話が終わるのを待って、ドアをノックした。すぐに「はいっ」と慌てたような返事がありドアが開いた。

「佐野宮さん」

電話の様子とはうって変わって、ひどく緊張した声で楓太は「お帰りなさい」と言った。

「誰かと電話していたのか」

「はい。大学の友達と……ちょっと」

ちょっと。他意はないのだろうが、あなたには関係のない話題ですよと言われた気がしてまた胸がチクリとする。

「ずいぶん楽しそうだったじゃないか」

「航平です。前に話しましたよね。僕の引っ込み思案を心配して大学祭の実行委員に誘ってくれたっていう」

「ああ……そうだったかな」

本当はちゃんと覚えていたのに、嫌な言い方をしてしまった。自分の大人げなさに地味に落ち込む。

「差し入れ届けてくれて助かった。重いのにすまなかったな」

「いえ。白坂さんがお茶をご馳走してくださいました」

その名前が楓太の口から出るとは思わなかった。

「何か言われなかったか?」

尋ねた瞬間、楓太の表情がほんの少し強張ったのを柊は見逃さなかった。柊は心の中で舌打ちをする。

「別に、何も」

「うそをつくな」

「うそじゃありません」

「白坂は少し神経質すぎる」

「佐野宮さんを大切に思っているからじゃないですか。何も言われていないというのがうそだと、自ら告白してしまったようなものだ。柊は短く嘆息し、ドアに背中を預けた。

楓太はハッとしたように口を噤んだ。何も言われていないというのがうそだと、自ら告白してしまったようなものだ。柊は短く嘆息し、ドアに背中を預けた。

リビングに置き忘れてしまった差し入れを、楓太が届けてくれることになった。そう聞かされていたのに、二度目の休憩に入った柊の目に入ったのはライオン堂の紙袋だけだった。『並木くんならもう帰宅した』と涼しい顔で告げる白坂に、思わず『なぜ引き留めなかったんだ』と詰め寄った。

『俺の家のシッターをなぜお前が勝手に帰すんだ』

『俺が追い返したわけじゃない。並木くんが自分の意思で帰ったんだ』

仕事に関する議論は珍しくないが、あんな子供のような言い争いをしたのは初めてで、ひどく気分が悪かった。

『柊、何をそんなにイライラしているんだ』

『イライラなんて――』

していない、とは言えなかった。確かにあの時の自分は最高に苛ついていた。自分に顔を見せることなく楓太は帰宅してしまった。帰した白坂にも帰ってしまった楓太にも腹が立っていた。

「白坂の思考や行動は、すべて俺を思ってのことだ。それは理解している」

半ば自分に言い聞かせるように、柊は大きくひとつ頷いた。

「白坂が、オメガに対して必要以上に神経質になるのには……理由があるんだ」

七年前、柊が所属するエンターポラリスである事件があった。当時三十代だったアルファ俳優がオメガの一般男性と恋に落ち、番になった。そしてその件を『ファンに発表したい』と言い出した。俳優として脂がのってきた時期だったため、社長や彼のマネージャーも『しばらくは伏せておくように』と説得した。しかし彼は『プライベートあっての仕事だ』と聞く耳を持たず事務所と対立。ついには撮影を放棄して駆け落ちをしてしまった。

さぞや非難を浴びるだろうと思ったのだが、ファンの怒りの矛先は彼本人ではなく相手のオメガ男性に向かった。『私たちの彼を誘惑した』『彼を返して』とSNS上で激しいバッシングを受けたオメガ男性は心を病み、ほどなく自死を図った。未遂に終わったのが不幸中の幸いだったが、事務所関係者の衝撃は大きかった。

当時の芸能ニュースはしばらくその話題で持ち切りだったのだが、芸能界にまったく興味がなかったという楓太にとっては、初めて耳にする事件だったらしい。

「以来白坂は、俺と関わろうとする人間に対してひどく過敏になった」

色目を使って柊に近づいてくる人間を、白坂はあの手この手で退治する。柊の耳に入る前に片づいていることも少なくない。たとえ柊にその気がなくても、事実すら存在しなくても、メディアにスキャンダラスな見出しが躍ればそれだけでイメージダウンになるのだという。

白坂が警戒するまでもなく、柊自身は自分でも驚くほど恋愛に対して淡泊だ。ストイックなんですねと言われることもあるが、特に禁欲しているつもりはない。興味のなかった芸能界でこうして長年第一線を張ることができているのは、俳優業が天職だったからだと思っている。加えてこの二年は弟たちの育児で毎日目が回るような忙しさだ。好きだの嫌いだのが入り込む余裕など一ミリもない——と思っていた。楓太と出会うまでは。

「そんな事件があったんじゃ、仕方のないことですね」

「ああ。だからお前のことが気に入らないとか、決してそういうわけじゃ——」

「白坂さんの言う通りだと思います」

やけに通る声だった。思わぬ返答に柊は息を呑む。

「白坂さんのおっしゃっていることは正しいと思います」

「どういう意味だ」

「僕たちは、もう少し警戒し合った方がいいんじゃないかと思います」

珍しくはっきりとした楓太の口調に、柊は眉根を寄せた。

「僕はただの大学生です」

「だからなんだと言うんだ」

珍しく険悪な雰囲気なのに、楓太から漂ってくる香りは普段以上に甘い。目眩のするような香りに包まれながら、柊の気持ちは沈んでいく。

「佐野宮さんとは住む世界が違います」

「大学の友達としゃべっている方が楽しいってことか」

棘のある言い方に、楓太はほんの一瞬怯んだ様子だったが、すぐに気を取り直したように正面から真っ直ぐな視線をぶつけてきた。

「シッターのお仕事は、夏休みが終わるまできちんとやりますのでご心配なく」

楓太の夏休みが終わるまであと二週間。今のところ柊は次のシッターを探すことはしていない。これまでの経験上、どんな有能なシッターを頼んだところで奏介と耀介は懐かないだろう。だったら限られた時間でいいから楓太に来てもらいたい。明日にでも楓太にそう切り出そうと思っていたところだった。

「実はその話なんだが――」

一歩前に出ると、楓太は「近づかないでください」と後ずさった。

「困ります」

「何を今さら。ハグだって大丈夫だったろ。ちょっと近づいたくらいじゃ――」

「ダメです」

楓太は拳を握り、ふるふると頭を振った。

「ダメなんです」

「どうして」

「万が一にも……間違いがあったら」

静かな、しかし頑な拒絶に柊は強く唇を噛んだ。

「もし俺とお前の間に何か起こったら、それは間違いなのか」

その問いに、楓太はハッとしたように顔を上げた。その表情は今まで見たこともないほど暗く、黒縁眼鏡の奥の瞳は悲しげに潤んで揺れていた。

「間違いです」

「どうして」

「どうしてって」

「楓太、俺は――」

「間違いに決まってるじゃないですか。だって佐野宮さんには――」

続く言葉を呑み込むと、楓太は柊の背中に回り、部屋のドアを開けた。

「すみません。もう休みたいので」

出ていけということらしい。たっぷり十秒立ち尽くした後、柊は楓太の部屋を出た。静かに閉まるドアの音が深夜の廊下に響く。おやすみの挨拶もなかった。

――間違いに決まってる……?

なぜそう言い切れるのだろう。なぜ決めつけるのだろう。楓太は自分のことが嫌いなのだろうか。彼をこの家に留まらせているのは、引き受けたシッターの仕事を最後まで遂行しなければという責任感だけなのだろうか。

――他に好きな人でもいるんだろうか……。

その瞬間、腹の奥に炎のような熱を覚えた。生まれて初めて感じるその感情の名が「嫉妬」だと気づくまでにそう時間はかからなかった。

――俺は、楓太を愛している。

少し長すぎる前髪が夏の風にさらりと揺れる時、他の誰にも触れさせたくないと感じた。眼鏡の奥の大きな瞳は、誰も足を踏み入れたことのない森の奥にある小さな湖のようで、その存在を自分だけの秘密にしたいと思った。可憐な花のような笑顔を、自分だけのものにしたい。いつの頃からかそんなことばかり考えるようになっていた。

「楓太……」

目を閉じると、あの日のキスがまざまざと蘇る。恋愛の〝れ〟の字も知らない楓太も楓太だが、見る者の欲望をねっとりと掻き回すようなあの瞳も、間違いなく彼自身なのだ。もう一度あんなキスをしたい。それ以上のことをしたい。必死に抑え込んできたけれど、本能に逆らうのには限界があった。

自分たちが結ばれることは決して間違いではない。楓太もそう思っているに違いないと勝手に思い込んでいた。憎からず自分を思ってくれているのではないかとさえ感じていたのに、どうやらすべては柊の思い上がりだったようだ。

——どうすればいいんだ……。

閉められたドアの前で、柊はしばらくの間動くことができなかった。

＊＊＊＊

「ふうちゃん、何してるの？」

「何よんでるの？」

奏介と耀介に背中から覗き込まれ、楓太は慌てて読んでいた週刊誌を閉じた。さりげなくクッションの下に滑り込ませる。

「わかった。マンガでしょ？」

「ちがうよ耀ちゃん、きっと大学のむつかしい本だよ。そうでしょ、ふうちゃん」

「あはは、残念。ただの雑誌でした。あれ、ふたりともおやつ食べ終わったの？」

「うん。奏ちゃん、ちゃんとキッチンにお皿片づけた」

「耀ちゃんも片づけた！」

「ふたりとも偉いね」

楓太はことさら明るい声でふたりを褒め、天使の輪が光る頭をクリクリ撫でた。無理にでも笑顔を作っていないと、際限なく気分が沈んでしまいそうだった。

「奏ちゃん、耀ちゃん、ちょっとお手伝いしてくれるかしら」

キッチンから春江の声がした。「はあい！」「お手伝いする！」とバタバタ駆けていくふたりの姿にホッとしている自分がいた。先日のように「おさいふ落としたの？」と尋ねられても、笑って返せる自信がなかった。

夏休みの終わりまであと一週間と迫ったその日、女性週刊誌に柊と拓真の交際を匂わす記事が掲載された。朝起きてすぐ何気なく開いたネットで一報に触れた時は、あまりの衝撃に目の前が真っ暗になった。

【プライベートでもバディ？　佐野宮柊と神林拓真、親密交際か？】

何かの間違いであってほしいと思いながら、奏介と耀介を幼稚園に送り出したその足でコンビニエンスストアに寄った。生まれて初めて購入した女性週刊誌に載っていたのは、残念ながらネット記事と同じ内容だった。

【今冬放映予定のドラマのロケが順調に進む中、ダブル主演のふたりに関するホットな噂が持ち上がっている。佐野宮柊と神林拓真は、どうやらプライベートでも親密らしい。ふたりをよく知る関係者はこう語る。「ロケ現場でもふたりはいつもベタベタです。一冊の台本を頰寄せ合って読んだりして、あれはどう見てもただの共演者以上ですね。プライベートでもしょっちゅう会っているっていう話ですよ」】

ロケ先で隠し撮りされたと思しき写真も掲載されていた。柊が手にしたサンドイッチを、奪うようにして拓真が食べている。柊のちょっと驚いたような笑顔、柊の手首を引き寄せていたずらっ子のような顔でサンドイッチを齧る拓真。

ふたりの親密さが伝わってくる一枚を、楓太はまともに見ることができなかった。クッションの下から取り出した週刊誌を持ってキッチン横の納戸に向かうと、古紙回収の新聞紙の束に紛れ込ませた。

「春江さん、今夜のハンバーグは何バーグにする？　耀ちゃんトマト味がいい」

「奏ちゃんは、チーズ入ってるやつがいい」

「それじゃあ、チーズ入りのトマトソースにしましょうね」

「やったあ！」

「ばんざーい！」

キッチンから三人の楽しそうな声が聞こえてくる。楓太は今のうちに子供部屋を片づけようと二階へ向かった。部屋のそこここに散らばった絵本やおもちゃを所定の場所に戻していく。楓太はただ無心に手を動かしていた。

五分も経たないうちにポケットのスマホが振動した。今も実家で暮らす姉からだった。三年生の夏といえば就職活動が本格化する時期だというのに、さっぱり連絡をよこさない弟を心配しての電話だった。

『夏休み、そろそろ終わりでしょ？　一社もインターンシ行かなかったの？』

「インターンは秋に行く予定。大丈夫、ちゃんと考えてるから」

弟の引っ込み思案を、姉は誰より心配している。

『あのね楓太、引っ込み思案とか言っている場合じゃないのよ、就活だけは。特にあなたの場合は……』

姉は言葉を濁したが、言いたいことはわかっている。昔ほど露骨な偏見はなくなったとはいえ、あえてオメガを採用したいという会社は少ない。

「心配してくれてありがとう。でも本当に大丈夫だから……今のシッターのバイトは夏休みが明けるまでの約束だからあと一週間で終わり……うん……その後はちゃんと……わかってるってば。じゃあね」

通話を切った途端、どっとため息が出た。強い疲労感に襲われ、奏介のベッドにごろりと身体を横たえた。窓から差し込む午後の日差しが眩しくて、たまらず手元にあった絵本を顔に載せた。

目を閉じると、あの日撮影所で見た柊と拓真の姿が脳裏に蘇ってくる。

『どんなに小さなスキャンダルも未然にこの手で潰す。たとえ柊がそれを望まなくてもね』

夢を捨ててまで惚れ込んだ俳優だからと白坂は言った。柊の恋愛を否定しているわけではない。自分なりに柊の幸せを願っているのだと。その白坂が傍にいながら、柊と拓真は親交を深めている。つまり白坂がふたりの交際を認めているということだろう。

――ふたりが『運命の番』だから……。

五十嵐というキューピッドの存在がそれを決定づけている。

『もし本当にあいつに「運命の番」がいるのなら、早く現れてほしいと思っている――』

白坂の言葉がリフレインして、楓太の心はどこまでも深く沈んでいく。そういえばここ数日あまり深く眠れていない。いつの間にか楓太は淡いまどろみに包まれていった。

「奏ちゃーん、耀ちゃーん、そろそろお買い物に行きますよ」

階下から響く春江の声に、楓太はハッと身体を起こした。腕時計を見ると、どうやら十分ほどうとうとしていたらしい。

「ふたりとも、お片づけして下りてらっしゃい」

呼びかけながら春江が階段を上ってくる。楓太がベッドから降りるのと同時に、春江が子供部屋に顔を覗かせた。

「あら？　奏ちゃんたち、ここにいたんじゃなかったのかしら？」

「いえ、多分来ていないと思います」

「多分？」

「すみません、僕、ちょっとうとうとしちゃって」

春江の顔色がさっと変わった。

「十分くらい前に『ふうちゃんとあそぶ』って、ふたりで二階へ上がっていったの。だからてっきりここにいるんだとばかり」

まったく気づかなかった。楓太は慌てて子供部屋を飛び出し、春江とふたりで家中を捜索した。風呂場、トイレ、庭、柊の個室までくまなく探したがふたりの姿はどこにもなかった。

「楓太くん！　大変、靴がないわ！　帽子も！」

玄関から飛んできた春江の声に、楓太は身体から血の気が引いていくのを感じた。

ふたりは外へ出ていったのだ。

「どうしましょう。こんなこと今まで一度も……」

春江の顔は青ざめ、声は微かに震えている。

「探しましょう」

楓太はボディーバッグに財布とスマホを放り込み、涙ぐむ春江を励ましながら玄関を出た。楓太は商店街に向かう道を、春江は反対方面を、手分けして探すことにした。靴と帽子がないということは、ふたりが侵入した何者かに攫われたのではなく、自らの意思で家を出た可能性が高い。それだけがせめてもの救いだった。

――奏ちゃん、耀ちゃん……どうか無事でいて。

比較的治安のいい地域とはいえ、四歳の子供がふたりきりで歩いていたら、不審に思って声をかける者もいるだろう。ふたりを心配してくれる善良な人間ならよいが、必ずしもそうとは限らない。想像するだけで身体中の血が冷たくなっていく気がした。

楓太はポケットからスマホを取り出す。メッセージは何度かやりとりしているが、電話をかけるのは初めてだ。

――どうか出て……お願い。

強い思いが通じたのか、五コール目で繋がった。

『どうした。何かあったか』

その声に、楓太の瞳には不覚にも涙が滲んだ。

「すみません、実は大変なことになってしまいました。奏ちゃんと耀ちゃんが……」

小走りに駆けながら大まかな事情を話すと、いつもは冷静な柊がスマホの向こうで『なんだって』と息を呑むのがわかった。

「申し訳ありません。全部僕のせいなんです。姉から電話が来て……その後ちょっとうとうとしてしまって……」

スマホを持つ手が震える。声も震える。

『出ていった理由に心当たりはないのか』

「はい。春江さんもわからないって……」

『そうか』

柊の沈痛な声が、事の重大さを突きつけていた。

『楓太、お前今どこにいる』

「商店街の方に向かってます。春江さんは反対方面を」

『わかった。俺も今からすぐにそっちに向かう』

「ごめんなさい……僕のせいです……全部僕の……っ」

たまらずうっと嗚咽が漏れた。泣いている場合じゃないと、頭ではわかっているのに。

『落ち着け。お前が狼狽えてどうするんだ』

「……すみません」

『あいつら商店街と反対の方向にはあまり行ったことがないんだ。向かうなら十中八九、歩き慣れている商店街の方だと思う』

「はい」

『商店街に入ってすぐのところに交番があるだろ？　まずはそこへ駆け込め。いいな？』

「わかりました」

『大丈夫だ。きっと見つかる。それよりお前は大丈夫か？』

「僕は……大丈夫です」

楓太は腹に力を入れた。

『それなら安心した。悪い方へ考えるな。わかったな？』

自分を信頼してシッターを任せてくれたのに、あろうことか仕事中に居眠りをして、ふたりが出ていったことに気づかなかった。怒鳴りつけられても仕方がないのに、柊は終始落ち着いた声で楓太を励ましてくれた。

——謝るのも責任を取るのも、ふたりが無事に見つかってからだ。

楓太は全力疾走で商店街へ向かった。


交番に駆け込むより先に、楓太はふたりの姿を見つけた。商店街の入り口にある青果店の店先に、ふたつ並んだ小さな麦わら帽子を目にした瞬間、楓太は安堵からその場に崩れ落ちそうになった。

「よかった……本当によかった」

すぐに春江と柊に連絡を入れると、人目も気にせずふたりを抱き寄せた。涙を拭うことも忘れて頬ずりをする楓太に、奏介と耀介は「ごめんなさい」とべそをかいた。その表情がいつになく暗い。どうやらいたずら半分で家を出てきたわけではないらしい。できるだけやんわりと理由を尋ねると、思いもよらない答えが返ってきた。

「イチゴ、買いたかったの」

奏介が項垂れた。

「でもお金がたりなくて」

耀介が斜めにかけたポシェットの中身を見せてくれた。十円玉がざっと二十枚。ふたりの有り金を集めてきたのだという。

ふたりは楓太が以前に「一番好きなフルーツ」だと言っていたイチゴを買うために、なけなしの小遣いを手に商店街へやってきた。しかしお金がまるで足りず途方に暮れていたのだという。

「どうして僕の好きなイチゴを？」

その問いかけに、ふたりは困ったように顔を見合わせた。

「そうすればふうちゃん……やめないと思ったから」

奏介の絞り出すような声に、楓太はハッとした。

『今のシッターのバイトは夏休みが明けるまでの約束だからあと一週間で終わり……』

姉との電話を、ふたりは廊下で聞いてしまったのだろう。だから楓太の好物のイチゴを用意して、辞めないでと引き留めようとしたのだ。

「ごめんなさい、ふうちゃん」

「もうしないから、おこらないで」

ふたりの瞳から大粒の涙がはらはらと零れ落ちる。

「ふうちゃっ、やめないよねっ？　どこにもっ、い、行かないよね？」

「ずーっと、ずっと、家にっ、いてくれる、よね？」

しゃくり上げながら縋ってくるふたりを、楓太は両手で思い切り抱きしめた。

「奏ちゃん、耀ちゃん……ごめっ……ごめんねっ」

もちろんだよ、辞めるわけないだろ。そう言ってやれない自分が憎かった。

ずっと一緒に暮らしたい。その気持ちは楓太も同じだ。ふたりが成長していく様子を見守り続けることができたらどんなに幸せだろうと思う。しかしそれは自分の役目ではない。

柊には拓真という『運命の番』がいる。五十嵐というキューピッドが存在し、だからこそ白坂もふたりの関係を認めている。赤の他人の楓太が割って入る隙間などない。ふたりが番の儀式を行えば――楓太が知らないだけですでに行ったのかもしれないが――佐野宮家に楓太の居場所はなくなる。

「ふうちゃっ……」

「大好き、ふうちゃっ……」

えぐえぐと泣きじゃくるふたりを抱きしめていると、春江がバタバタと駆けてきた。

「奏ちゃん！　耀ちゃん！」

無事でよかったと、春江がふたりを抱き寄せる。

――ひとまず無事でよかった……本当によかった。

安堵に胸を撫で下ろした時だ。楓太は傍らでひとりの男がカメラのレンズをこちらに向けていることに気づいた。パシャパシャと音をたてて男がカメラに収めているのは、涙に暮れている奏介と耀介だった。

あまりに不躾（ぶしつけ）なやり方に、楓太は眉根を寄せる。芸能界に疎い楓太にも想像がついた。おそらくこの男は写真週刊誌の記者だ。

「あの、どちらさまですか。勝手に写真撮らないでもらえますか」

楓太はカメラと子供たちの間に立った。しかし男は身体をずらし、お構いなしに子供たちにレンズを向け続けた。

「名乗るほどの者じゃないよ。それよりきみたち、奏介くんと耀介くんだっけ？　佐野宮柊の弟だよね？」

「あの、ちょっと」

「きみたちのお兄さんのところに、この頃、神林拓真が遊びに来ていないかな？　ほら『妖怪戦隊』のレッドだったかっこいいお兄ちゃん。知ってるでしょ？」

奏介と耀介は怯えた様子で、春江の後ろに隠れてしまった。楓太はふたりを連れて帰宅するように春江に目配せをする。春江はふたりの手を取り、急ぎ足で歩き出した。

「あ、ちょっと待って、まだ話が」

後ろ姿にまでカメラを向ける男を、楓太は「いい加減にしてください」と遮った。

「こういうの、やめてもらえませんか」

「あんた誰？」

男の目に不快の色が浮かぶ。

「僕はあの子たちのシッターです」

「へえ、シッター。佐野宮柊に雇われたの？」

「そうです」

「んじゃあ訊くけど、最近神林拓真が来てない？」

「一度もお見かけしたことはありません」

きっぱり答えると、男は「へえ」とバカにしたような嗤いを浮かべた。

「一度もって、ずいぶんはっきりと言えるんだな。もしかして住み込みなのか？」

「ええ、そうです」

柊が拓真を家に入れたことは、楓太の知る限り一度もない。たとえ柊と拓真が『運命の番』だとしても、こんな男の手によって暴かれるべきではないと思った。

「ふうん、住み込みね。なるほどそういうことか」

男の目が歪んだ光を宿したことに、楓太は気づかない。

「今朝の『週刊レディー』に佐野宮と拓真の記事が出たんで、ちょっと便乗させてもらおうかと思ってね」

ネタを拾いに佐野宮邸へ向かっていたところ、商店街で偶然奏介と耀介の姿を見かけたのだと、男はニヤニヤしながら語った。

「ガキの写真でも撮れりゃ御の字だと思っていたが、ずっといい記事になりそうだ。あんた、佐野宮柊のアレなんだろ？」

俄かにその意味を解せず、楓太は「アレ？」と瞬きする。

「しらばっくれるなって。こちとらこの道じゃ百戦錬磨なんだ。で、どうなの？　佐野宮柊とは、毎晩なの？」

「あの……」

「界隈（かいわい）じゃ、恋人も作らず演技に没頭する聖人君子アルファみたいな持ち上げられ方をしてるが、俺は前々からそんなことあるわけねえだろと思っていたんだ。佐野宮柊だってひと皮剝（む）きゃあただの男だ。シッターと称して若いツバメを囲い込んでいたとは恐れ入った」

「えっ」

「性欲処理の手はずは完璧だったってことか。いやいやさすがアルファさまは、考えることが巧妙だ」

ここへきて楓太はようやく男の勘違いに気づいた。男は楓太を柊が囲っている愛人だと思っているのだ。

「ちょ、ちょっと待ってください。僕はそんなんじゃありません。本当にただの――」

いきなり眼の前でフラッシュがたかれた。眩むような強い光に、楓太は目を腕で覆った。

「顔を隠すなよ。佐野宮柊の初の醜聞だ。ガキの写真なんかより百倍売れそうだ」

男は楓太の顔を撮ろうと、腕の隙間にレンズを向ける。

「やめてください！」

冗談じゃない。楓太は腹の底から激しい怒りが湧いてくるのを感じた。柊がどれほど真摯に演技に向き合っているのか、この男は知らない。柊がどれほどふたりの弟を慈しんでいるのか、この男は知ろうともしない。週刊誌を売るためならでっち上げの記事を書く。この男にとって真実などどうでもいいのだ。

「佐野宮さんはそんな人じゃありません！　僕は愛人なんかじゃない！」

楓太の声など聞こえないように、男はパシャパシャとシャッターを切る。

「いい加減観念して、腕どけてくんないかな、ほら」

男が楓太の腕を摑んだ。

「やめてください！」

男の腕を振り払おうと手を上げた時だ。手の甲が硬いものに当たったかと思ったら、ガシャンと鈍い音がした。

「あ……」

うっすらと開けた目が、路上に転がるカメラを捉えた。男が大慌てでカメラを拾い上げる。幸い破損はなかったようだが、男は目の色を変えて楓太に摑みかかってきた。

「てめえ、商売道具に何しやがる！　いくらすると思ってんだ！」

男は楓太の襟首を摑むと、前後に揺さぶった。勢いで眼鏡がずり下がる。

「おとなしそうな顔して舐めたマネしやがって、このガキが。痛い目見せてやろうか？」

——殴られるかも……！

楓太はぎゅっと目を閉じた。

と、その瞬間、襟首を摑んでいた男の手がふっと離れた。

「うす汚い手で触るんじゃない」

その声に、楓太は目を開けた。柊に手首を摑まれた男が、驚きに目を瞠っている。

「佐野宮さん……」

「大丈夫か？　怪我は？」

ふるふると首を振ると、柊は「間に合ってよかった」と頷き、男の方へ向き直った。演技の中でしか見せたことのない、射るような鋭い眼光だった。

「どこかで見たことのある顔だと思ったら」

楓太は「え?」と声を上げる。柊が男を知っているとは思ってもみなかった。

「カメラをよこせ」

柊が男を睥睨する。男は不貞腐れたようにふいっと横を向いた。

「知っていると思うが、うちの事務所はこの手の揉め事を一番嫌う。二度と仕事ができなくなるのが嫌ならカメラをよこせ」

有無を言わせぬ口調に、男は観念したようにカメラを差し出す。柊はカメラを引ったくると、該当する写真を次々に消去し、男にカメラを返した。

「失せろ。二度と俺と、俺の家族の前に姿を現すな」

柊の台詞が終わらないうちに、男は這う這うの体で路地の奥へと消えていった。

——助かった……。

足の力がへなりと抜ける。その場に崩れ落ちそうになった楓太を、伸びてきた長い腕が搦め捕るように抱き留めた。

「よかった……無事で……本当によかった」

髪に柊の吐息がかかる。痛いくらい強く抱きしめられ安堵の涙が浮かんだ。同時に許されてはいけないという思いが過る。温かく逞しい腕に掻き抱かれながらも、こんな事態を招いてしまった自分自身への絶望で、胸が潰れそうになる。

「すみませんでした……僕のせいで」

厚い胸板に額を押しつけて呟いた時だ。下腹の奥に覚えのある熱を感じた。

――マズイ。

楓太は反射的に目の前の胸を押した。驚いたように柊が腕を解く。

「どうした」

「は、離れて……」

がくがくと足が震える。ほんの数十秒のうちに立っていることすら難しくなった。その急激な症状に、柊が目を瞠った。

「ヒートか」

瞬く間に呼吸が浅くなり、小さく頷くのがやっとだった。そうしている間にも下半身が張り詰め、後孔がどろりと濡れていくのがわかった。柊は「来い」と楓太の腕を摑んだ。

「や……放し、てっ……」

触れられた場所から熱が生まれ、あっという間に全身に回っていく。苦しくてたまらないのに柊は腕を放そうとしない。通りかかったタクシーを停めると、楓太の身体を後部座席に押し込んだ。すぐさま自分も乗り込むと近くの通りの名を告げた。

なぜタクシーに？　どこへ向かっているんですか？　尋ねたいことはたくさんあるのに何ひとつ言葉にできない。楓太は唇を嚙みしめ、激しい疼きに耐えた。

車が走り出す。股間に視線を落としぎょっとした。先走りが染みを作っていたのだ。

恥ずかしさに顔が熱くなる。手で隠そうとすると、動きに気づいた柊がさっとハンカチで覆ってくれた。

「もう少しだ。頑張れ」

「……っ」

耳元で柊が囁く。頷くこともできず、楓太ははぁ、はぁと肩で呼吸をする。

膝ががくがくと震えた。燃えるように熱い疼きが全身に広がってくる。

――欲しい……早く。

必死に抑え込んでいた柊への思いが、溢(あふ)れ出してしまいそうで恐ろしかった。いや、すでに溢れ出しているのかもしれない。

楓太は震える手を柊の方へと伸ばす。

気づいた柊がすぐさまその手を取り、痛いくらい強く握ってくれた。

「もう少しだからな」

柊が繰り返す。応えるように楓太も握り返した。触れれば余計に苦しくなるとわかっているのに、そうせずにはいられなかった。

――抱いて。佐野宮さんので奥をぐりぐりって抉(えぐ)って。早く。

少しでも気を抜いたら叫んでしまいそうだった。

一触即発の楓太の手を、柊はひと時も放すことなく握っていてくれた。

＊＊＊＊＊

駆けつけた商店街の路地で楓太の姿を見つけた。カメラマンらしき男に襟首を摑まれている姿を目にした瞬間、頭にカッと血が上った。握りしめた拳を振り上げなかった自分を褒めてやりたいくらいだ。

芸能界にはいくつかの暗黙のルールがある。殊にマスコミ業界との関係においては持ちつ持たれつの関係と言える。家族のプライバシーを侵害するような記事や写真を控えてもらう代わりに、事務所側があえてネタを提供することもある。今日発売の『週刊レディー』に載った柊と拓真の記事などはまさにそれだ。多くの読者は根も葉もない内容だと気づくだろうが、タイムリーな記事は週刊誌の売り上げもドラマの視聴率にも貢献する。

男の顔を目にした瞬間、すぐに思い出した。芸能各社に出回っているブラックリストに載っていた男だ。これまでも何度か有名人の家族をつけ回し、無理矢理写真を撮ろうとした札つきだ。

『二度と仕事ができなくなるのが嫌なら』とやんわり濁したが、男のしたことは明らかにレッドラインを越えている。近いうちに白坂の手によって業界から放逐されるだろう。

ホテルの部屋に入るなり楓太のTシャツを毟り取った。きめの細かい素肌は、以前風呂上がりに見たのと同じピンク色に上気していた。

「抑制剤を飲み忘れたのか」

「……飲みました」

楓太は話をするのも辛そうだった。細い肩が忙しく上下している。

――薬を飲んだのに、こんなことになっているのか。

柊は楓太をベッドに横たえた。タクシー内の様子から一刻の猶予もないことはわかっていた。運転手はベータらしくまるで気づいていなかったが、車内には楓太の放つ甘い匂いが充満していた。むせ返るほど濃密なこの匂いを嗅いだのは、大学の空き教室で出会ったあの日以来だ。柊自身も限界に近かった。

「熱い……よ……」

楓太の瞳からぽろぽろと涙が零れる。柊はそれをキスで吸い取った。

「今楽にしてやるからな」

楓太は戦慄く手で傍らのボディーバッグを手にすると、中から小さな小袋を取り出した。

「こ、これを……」

定まらない視線で差し出されたそれは、確かめるまでもなく避妊具だった。

オメガはその特性上、意図せずアルファを性的に刺激してしまうことがある。運悪く事故になってしまった場合でも、望まぬ妊娠という最悪の事態を避けるために、避妊具を持ち歩いているオメガが多いということは柊も知っていた。

楓太はオメガだ。そして望んで柊と結ばれようとしているわけではない。ヒートを収めるために、仕方なく柊を受け入れようとしているのだ。頭ではわかっていても、なぜかひどく打ちのめされた気分になる。

しかし楓太が放つ匂いは、そんなショックさえさもないことと感じさせるほど強烈だった。柊は震える楓太の身体に手を伸ばすと、コットンパンツを濡れそぼったボクサーパンツごと一気に脱がせた。生まれたままの姿になった楓太はどこか不安げに、しかしぞくぞくするほど扇情的な眼差し(まなざ)しで柊を見上げた。

「中が……熱い……」

耐え難い疼きに襲われているのだろう、楓太はうわ言のように繰り返しながら腰を揺らす。なけなしの理性を吹き飛ばしてしまうような光景に、ぐらりと目眩を覚えた。柊は飢えた獣のように楓太の身体を掻き抱く。

「……っ……んっ……」

強引に歯列を割り口内を蹂躙(じゅうりん)すると、楓太は身体を硬くしながらも柊に縋りついてきた。ほっそりとしたラインの顎から白い首筋、薄い胸へと舌を這(は)わす。控えめに並んだ薄桃色の粒をちゅっと音をたてて吸った。

「ああっ……やぁ……ん」

楓太は身を捩りながら切なげな声を上げた。身体中から放たれる匂いが一層濃くなる。

「いっ……痛い」

「痛い？　どこが」

楓太は下腹につきそうなほど勃起（ぼっき）した自分の中心を「ここ……」と指さした。強すぎる射精感が痛みとなっているのだろう。先端から蜜を溢れさせたそれは今しも弾けそうな状態だった。柊はそこに手を伸ばし、ぬるぬるとした幹に指先で触れた。

その瞬間、楓太は身体をびくんと硬直させた。

「あっ……イッ……ちゃっ……ああっ！」

軽く触れただけだったのに、楓太は先端から白濁をまき散らして果てた。

「ぁ……ん……っ……」

何かに耐えるように、楓太は射精の余韻を噛みしめている。その表情の卑猥さが柊をどれほど煽（あお）っているのか、気づきもしないで。

——くそっ……。

柊は着ていた麻のシャツを乱暴に脱ぎ捨てる。ジーンズを脱ぐ間ももどかしく、前だけを寛（くつろ）げると、さっき手渡された避妊具を素早く装着した。成人男性にしては華奢な太腿をぐいっと持ち上げる。白い尻たぶが目の前で露（あら）わになった。

ゴクリと喉が浅ましく鳴る。

「やっ、なにっ……するんですか」

秘孔を柊の目前に晒すような格好に、楓太は慌てて逃げを打った。激しい羞恥からだろう、全身がさあっと朱に染まる。

「逃げたら楽にしてやれないぞ。まだ疼いているんじゃないのか、奥が」

通常ヒートは一度射精したくらいでは収まらない。その証拠に楓太の中心は、まだ物欲しそうに立ち上がったままだ。目の前の後孔はぐちゅぐちゅと淫猥に濡れ、柊に突かれ掻き回されるのを待ち望んでいるようだ。

「……こんな格好……恥ずか、しい」

涙声でしゃくり上げながら、楓太は「でも」と柊を見上げる。

「早く欲しい……佐野宮さんが……」

「楓太……」

矢も楯もたまらず、柊は楓太の中に指を挿し入れる。

「あぁ……すごっ……ああっ……ん」

楓太の中は驚くほど柔らかく蕩けていて、二本三本と増やす指をやすやすと受け入れた。

「気持ちいいか」

「いい……すごく、あっ、そこ……ぁぁ……」

楓太は先端からとろとろと先走りを垂らし、恍惚とした表情で喘いでいる。本能を直撃するような嬌声が、柊の鼓膜をこれでもかと舐め回した。背中を何かがぞくぞくと駆け上がってくる感覚に、柊は歯を食いしばって耐える。少しでも長く解してやらないと、楓太が辛かろうと思ったのだが。

「指じゃ……やっ……」

「……え」

「佐野宮さんので……」

楓太がどろりとしたような視線で「早く」と誘う。引っ込み思案で恥ずかしがり屋の楓太はここにはいない。彼にとってはおそらくこれが初めての性体験のはずだろうに、のっけから柊を煽り翻弄している。

柊は小さく舌打ちをすると、蕩けた孔から指を抜く。そして楓太の火照った身体をうつ伏せに返した。

「この方が、いくらか楽だろう」

柊のそこは凶暴なほどの大きさまで育っている。どんな体位でも大した違いはないかもしれないと頭の片隅で思いながら、柔らかく綻んだ孔に灼熱を押し当てた。

ぐっと強く先端を打ち込む。

「ああっ……ひっ、あああっ！」

先端を咥えただけで、楓太はまた達してしまった。シーツにハタハタと白濁が落ちる。

「やっ……またイッ、ちゃっ……」

ごめんなさいと泣きじゃくる肩越しの横顔まで、柊の劣情を煽る。

「いいさ。何度でもイけ」

柊は腰を揺らし、楓太の中を抉る。

「ああ……いい……すごくっ……」

「楓太……っ……」

何度も持っていかれそうになりながら、どうにか最奥まで進んだ。

「……擦って……いっぱい……奥を」

切羽詰まった声に、柊は「ああ」と頷く。ゆるゆると抽挿を始めると、楓太は応えるように腰を振りながら「いい……気持ちいい」と繰り返した。

不意に、ほの白い首筋が目に入った。

ここを噛んで。項（うなじ）に歯を立てて——。どこからかそんな声が聞こえた気がした。

オメガの項には、フェロモンを分泌する腺がある。アルファがそれを噛むことは『番の儀式』と呼ばれ、儀式によってふたりは番となる。番になった瞬間、楓太のフェロモンは変質し、自分以外のアルファを刺激しなくなる。つまり永遠に柊だけのものになるのだ。

——噛みたい……楓太と番になりたい。

強烈な欲望に支配されそうになり、柊はふるんと首を振った。

——ダメだ。それだけは。

儀式はふたりの合意の上になされなければならないと法律で決まっている。どれほど柊がそれを強く望んでも、楓太は望んでいない。避妊具を差し出したことが彼の答えなのだ。

「あ……あんっ……佐野、宮……さっ……」

「楓太……楓太っ」

「ああ……また、来る……イッ……ああっ！」

楓太が身体を硬直させ、三度目の精を放った。

ほぼ同時に柊も、楓太の奥に欲望を叩きつけた。

「……んっ……っ……」

楓太の身体がシーツに崩れ落ちる。背中から強く抱きしめながら、柊はその項からそっと目を逸らした。

それから幾度も楓太を貫いた。ふたりの昂り（たかぶ）はなかなか収まらず、気づけば窓から西日が差し込んでいた。

——何時だろう……。

少しうとうとしてしまったらしい。傍らで眠る楓太を気遣いながらスマホを手に取る。

白坂からの十件を超える着信に柊はハッとした。時刻は午後四時半。楓太からの連絡で撮影所を飛び出してから三時間以上、一度も連絡を入れていない。柊は大急ぎで白坂にコールした。

「ああ、俺だ。すまない」

怒鳴られるだろうと覚悟していたが、白坂は存外に冷静だった。奏介と耀介が無事だったことは春江から連絡を受けている。撮影はストップしてもらっているから、できるだけ早く戻ってこい。落ち着いた声でそう告げた。

敏い男だ。あの後、柊と楓太の間に何があったのか、気づいているのだろう。

楓太を愛している。今は無理かもしれないが、口説き倒してでも番になりたい。心の裡(うち)を打ち明けたら白坂は猛然と反対するだろうが、柊の気持ちはすでに固まっている。

「佐野宮さん……」

その声に振り返ると、楓太がベッドの上に正座をしていた。

「起きたのか」

具合はどうだ、疼きは収まったか。尋ねる前に、楓太がいきなり土下座をした。

「何をしているんだ」

「本当に……本当に申し訳ありませんでした」

「謝る必要はない」

頭を撫でてやろうと近づく柊に、楓太は首を激しく左右に振る。

「謝ってっ、済むことじゃないってっ、わかっています……本当にっ、取り返しのつかないことを……」

シーツに額を擦りつけ、楓太は泣きじゃくる。

「ふたりとも無事だった。それでいいじゃないか」

それでも楓太は顔を上げない。

「それだけじゃありません。間違いを起こしちゃいけないって……ずっと気をつけて、薬もいつもよりたくさん飲んでいたのに……」

楓太が普段以上の量の抑制剤を服用していたことを、柊は初めて知った。思いを打ち明けたらいつものように頬を染めて『実は僕もです』と答えてくれるかもしれない。そんな淡い期待を抱いていたのはどうやら柊だけだったらしい。

薬の量を増やすほど警戒されていたとは。

柊は身体中の力が抜けていくような、ひどい無力感に襲われた。

楓太が好きだから抱いた。ヒートに煽られたのは結果論だ。しかし楓太は違った。欲情に塗れた喘ぎも自分の名を呼ぶ切なげな声も、すべてヒートのなせる業で、そこに愛情など欠片も存在しなかったのだ。

「間違いだけは起こさないように気をつけていたのに……結局こんなことになっちゃって」

「だから間違いってなんだ。こんなことってなんだ」

たまらず尖った口調になる。

「俺とこうなったことを、お前はそんなに後悔しているのか」

楓太がのろりと顔を上げた。こんな時だというのに、濡れた頬も怯えたような瞳も、すべてが愛おしくて困る。

「俺は、お前とこうなったことを間違いだとは思っていない。俺は、お前を」

楓太の両肩を摑もうとした時だ。ポケットのスマホが鳴った。確認すると、一時間後に撮影が再開するという白坂からのメッセージが届いていた。

「戻らなきゃならない。先にシャワーを浴びるぞ」

「……すみません」

「いちいち謝るな。俺が終わったらすぐにお前も浴びろ。それと、大事な話がある。すごく大事な話だ。逃げたりするなよ」

楓太は素直に「わかりました」と頷いた。

シャワーを浴びながら、正直なところ微かな予感はあった。シャワールームを出た柊は、案の定の光景に脱力する。

今しがたまでベッドにいた楓太が忽然と消えていた。点滅するスマホを取り上げると、メッセージが入っていた。

【僕のせいで奏ちゃんと耀ちゃんを危険な目に遭わせてしまいました。その上佐野宮さんとこんなことになってしまいお詫びの言葉もありません。僕にはシッターを続ける資格はありません。無責任でごめんなさい。本当に申し訳ありませんでした。さようなら】

「何がさようならだ。勝手なことを」

逃げるなと言ったのに。柊は舌打ちをする。

「お前がいなくなったら、あいつらどうするんだよ」

奏介も耀介も怪我ひとつなかったじゃないか。ふたりを思う気持ちがあるなら、ずっと傍にいてやってくれ。あいつらがどんなにお前を必要としているかわからないのか――。そんな思いが胸に渦巻く。

「バカ野郎が……」

身支度を整えホテルの部屋を出る。撮影所へ向かうタクシーの中、何度コールしても楓太は電話に出なかった。送ったメッセージも既読にならない。

春江の帰宅時間が迫っている。柊は仕方なくマリアに連絡を取った。かいつまんで事情を話すと、マリアはひと言「わかったわ」と答えてくれた。その潔い愛情に何度助けられたことだろう。申し訳なさでいっぱいになる。

――いろいろと無理がありすぎる。

強い疲労感に襲われ、柊は眉間を押さえた。この二年間、周りに助けられながらどうにか弟たちを育ててきたけれど、ここらあたりが限界なのかもしれない。少し仕事をセーブしようか。ガラにもなく弱気な選択肢が過り、思いのほか自分が弱っていることに気づく。

――楓太……。

単にシッターが必要だったからではない。出会った瞬間からどうしようもなく惹かれた。これまで自分が恋に無関心だったのは、楓太と出会うためだったとさえ感じた。それはきっと楓太と自分が……。

――いや、やめよう。

これ以上は考えても詮ないことだ。ひとつだけはっきりしていることは、楓太は自分を求めていないということ。どんなに辛くてもその事実を受け入れなくてはならない。

撮影所の門が近づいてくる。いつものように頭の中のスイッチを、俳優・佐野宮柊モードに切り替えなければならないと思うのになかなか上手くいかない。こんなことは初めてで、柊はただただ途方に暮れた。

万が一楓太が戻ってきたら何がなんでも引き留めてほしい。マリアにはそう頼んでおいた。深夜、一縷の望みを胸に帰宅した柊だったが、待っていたのは誰もいない真っ暗なリビングだった。あれから何度も電話をかけたが、ずっと通話中だ。おそらく着信拒否されているのだろう。

「……嫌われたもんだな」

自嘲の嗤いを浮かべると、余計に気持ちが塞いだ。『先に寝ていろ』と何度言っても、楓太は起きて待っていてくれた。どんなに遅く帰宅しても『おかえりなさい』と笑顔で迎えてくれた。深夜に交わすさもない会話やささやかな笑顔に、どれほど癒やされていたかを今さらのように思い知った。

子供部屋に向かう。奏介と耀介は同じベッドでマリアを挟んで眠っていた。マリアの左手を奏介が、右手を耀介が小さな手できゅっと握っている。ふたりの眦に涙の跡を見つけ、胸が掻きむしられる思いがした。

「……ごめんな」

いつも一緒にいてやれなくてごめん。寂しい思いばかりさせてごめん。楓太を引き留めてやれなくてごめん。胸に渦巻くのは謝罪の言葉ばかりだった。

重い足取りで子供部屋を後にすると、柊は半日前まで楓太がいた部屋のドアを開けた。ベッドの上には畳まれていない洗濯ものや読みかけの本が、そのまま残されていた。口の開いたリュックサックから『きみのいない春』のCDが覗いている。手渡した時、楓太は本当に嬉しそうに頬を上気させて『大切に聴かせていただきます』とCDを胸に抱いてくれた。

何度振り切ろうとしても、浮かんでくるのは無邪気な笑顔ばかりだ。柊は重いため息をつき、部屋の電気を消した。

翌朝、柊はマリアに揺り動かされて目覚めた。壁の時計は九時を指している。

「柊、白坂くんが来たわよ」

「白坂？　なんでこんな時間に……」

今日の撮影は午後からだったはずだ。ぼんやりと考えながら身体を起こした柊は、「あっ！」と声を上げた。

『急なんだが明日十時から「ＫＩＲＡＲＩ」のインタビューが入った。九時に迎えに行く』

昨日の撮影後、白坂から急遽女性誌のインタビューが入ったと告げられていたことをすっかり忘れていた。布団を跳ねのけベッドを降り、最低限の身支度を整えて白坂の車に飛び乗ったのは九時二十五分。どんなに飛ばしても十分以上の遅刻だ。

「忘れていたのか」

ハンドルを握りながら白坂が尋ねる。

「……悪い」

普段の柊は、時間の管理に関してかなり几帳面(きちょうめん)だ。業界内にはルーズな人間も多いが、スケジュール管理を全面的に白坂に任せている以上、それを守るのは当然のことだと思っている。差し入れのお菓子を忘れる程度のポカはこれまでもあったが、予定を失念するようなミスは初めてのことだった。

「昨日、並木くんと番になったんじゃないのか」

フロントガラスを見据えたまま、白坂は直球を放り込んできた。

「…………」

「違うのか」

「……違う」

「ならその目の下のクソひどい隈の原因は？　五歳は老けて見えるぞ。説明しろ」

誰より勘がよく頭の切れるこのマネージャーは、有能すぎて時折毒を吐く。

「お前には、俺たちがどう見える」

「俺たちって、お前と並木くんのことか？」

ルームミラー越しに白坂がちらりと視線をよこす。柊は「ああ」と小さく答えた。

「『運命の番』だと感じるか、ってことか？」

「…………」

窓の外を見つめたままの柊に、白坂が小さく嘆息する。

「俺にわかるわけないだろ……と言いたいところだが、そうだったらいいなとは思っている。お前が仕事以外でこれほど執着心を剝き出しにしたのは、初めてだからな」

「執着心？」

「執着しているだろ、並木くんに。自覚がないのか」

指摘されて初めて気づいた。楓太の愛らしさに誰も気づかなければいい。あの笑顔を向けられるのは自分だけでいい。いつしかそんなことばかり考えるようになっていた。

「もしお前たちが『運命の番』なら、俺は全力でお前たちを守るつもりだ」

「スキャンダルキラーとは思えない寛容な発言だな」

「お前らが『運命の番』なら、世界中が反対したところで結ばれる。だからこそ『運命の番』なんだ。反対する意味がない」

「………………」

「それに、七年前のような事件はもうゴメンだからな」

白坂は嚙みしめるようにつけ加えた。

「あいつと出会った瞬間、もしかしたら『運命の番』なんじゃないかと感じた。一緒に暮らしてみてその感覚は確信に変わりつつあった。でも、どうやらそう感じていたのは俺だけだったらしい。あいつは逃げた。俺の前から消えちまった」

「消えちまったたって……」

白坂が小さく笑う。

「チビちゃんたちが脱走したことに責任を感じて家を出ていっただけだろ？　鬼電しろよ」

「している。だが着信拒否だ」

「じゃあアパートへ迎えに行け」

「言われなくても今夜行くつもりだ。けど」

おそらく楓太はアパートにはいない。そんな気がした。

「やけに自信がないんだな。天下の佐野宮柊が」

からかう白坂に反論する気力すら、今の柊にはなかった。一体全体この状況で、どう自信を持てばいいのか教えてほしい。番になりたいと願う柊に、楓太は避妊具を差し出した。逃げるなと念を押したのに、シャワーを浴びている間に姿を消してしまった。

——楓太……。

太腿に置いたキャップに、ふと指先が触れる。あの日施してもらったヨットの刺繍をそっとなぞると、楓太の笑顔が浮かんできて胸が締めつけられる。

——お前は今どこで何をしているんだ。誰と一緒にいるんだ。

シルバーの小さなヨットに問いかけても、答えをくれるはずもなかった。

「とにもかくにも、万が一今回みたいなことがあったら、今度は必ず俺を呼べ。若い男とホテルに入るところを、それこそ写真に撮られでもしたらシャレにならん」

「緊急事態だったんだ。ああするしかなかった。それにいつ誰とホテルに入ろうが俺の勝手だ」

「何度も言わせるな。家から一歩外に出たら——」

「プライベートは捨てろ」

「……わかっているならいい。明後日からミラノだ。絶対に寝坊するなよ」

白坂に念を押され、余計に気持ちが沈んだ。九日間の予定でミラノでのCM撮影が決まったのは半年以上前のことだ。この期に及んで延期や変更はできない。

「そんな顔をするな。並木くんが『運命の番』なら、またどこかで巡り合うことになる。これっきりなら、彼がお前の『運命の番』ではなかったということだ」

言われなくてもわかっている。ようやく呑み込んだ台詞が胃の奥を重くする。

運命とは一体なんなのだろう。もし楓太が『運命の番』でないのなら、どれほど求めても足掻いても、彼と共に歩む未来は訪れないのだろうか。逆らうことすら許されないというのだろうか。窓の外のビル群を見つめながら、柊はひっそりとため息をついた。

その夜、撮影が終わるや柊は楓太のアパートを訪ねた。しかし朝予感した通り部屋の灯りは消えていた。呼び鈴を鳴らしても反応はなかった。

柊はポケットからスマホを取り出す。

【明後日から九日間の予定でミラノにロケに行く。帰国したら大事な話がある。必ずお前の居所を探し出して会いに行くから、今度は逃げるなよ】

暗い廊下で打ったメッセージを、その場で送信した。

翌日になってようやく既読マークがついたが、終ぞ返信が来ることはなかった。

＊＊＊＊

あのね、ふうちゃん、奏ちゃんね、ずーっともぐっていられるよ。

耀ちゃんも。ずーっと、ずーっと、お水のなかにいられるよ。

――ダメだよ、ふたりともお水から顔を上げて。

あれ、なんだか、ちょっと苦しくなってきた。

しずんじゃう……息ができないよぉ……助けて、ふうちゃん。

――ふたりとも、手を摑んで！　溺れちゃうよ！

「早く……手を、早くっ！」

自分の声に驚いて飛び起きた。

「……またか」

あの日から毎夜、奏介と耀介の夢を見るようになった。あまりいい夢ではない。今見ていたのは、いつものように三人でお魚競争をしている夢だ。いつの間にか浴槽が底なしになっていて、奏介と耀介がどんどん沈んでいく。慌てて手を伸ばすのに、ギリギリのところで指がすり抜けていく。そんな悪夢だ。

夏休みが終わるのと同時に楓太がシッターを辞めてしまうと知ったふたりは、どうにか引き留めようとなけなしの小遣いを手に商店街の青果店へ向かった。無事に発見して安堵したのも束の間、風体のよくないカメラマンに絡まれた。間一髪、柊に助けられたが、きつく抱きしめられたことが引き金になり、ヒート状態に陥ってしまった。

――あれが……ヒート。

十六歳で初めてのヒートを迎えた。しかし数日前から微熱の兆候があり、予防的に抑制剤を服用していたため軽い風邪症状で済んだ。以来五年間、楓太のヒートサイクルはほぼ三ヶ月と一定しているため、予兆の有無に拘わらず直前から抑制剤を服用するようにしている。薬なしでヒートを迎えてしまったのは初めての経験だった。

なぜあんなことになったのだろう。これまでも近しい人間の中にアルファはいた。たとえば通っていた高校の英語教師はアルファだった。数週間前までバイトをしていたレストランの常連客の中にも、ひとり確実にアルファだとわかる男性がいた。

しかし彼らとどれだけ接近しても、ヒートが励起されることはなかった。ヒート期間の只中であっても抑制剤さえ服用していれば、普段と変わらず接触できた。

それなのになぜだろう、柊に対してだけは抑制剤が効かない。薬の量を増やしてもダメだった。それどころかどんどん効果が薄れてきている気さえした。

――どうして佐野宮さんだけ……。

お守り代わりに持ち歩いている避妊具を、よもや本当に使う日が来るとは思ってもみなかった。矢も楯もたまらず柊と結ばれた。本能が性欲に支配されてしまったようで、抗(あらが)うことなど到底不可能だった。暴力的な欲望に衝き動かされ、ただひたすらに柊を求めた。

思い出すたびに頭を掻きむしりたくなる。

あれほど気をつけていたのに結局間違いを犯してしまった。

柊がアパートを訪ねてくることは予想がついていたので、二日ほど航平のアパートに泊めてもらった。航平は詳しい事情を尋ねることなく『好きなだけいていいぜ』と言ってくれた。その友情がありがたくて泣いてしまいそうになった。

とはいえそう何日も世話になるわけにはいかないと困っていたところに、柊からメッセージが届いた。九日間の予定でミラノに行くという。柊が発(た)つのを待って、楓太は自宅アパートへと戻った。

その日の午後、マリアから連絡があった。突然シッターの仕事を放り出して帰宅したことを詫びる楓太を、彼女は一切責めなかった。柊と楓太の間に何が起こったのか、大方想像がついているのかもしれない。

『あの子たちが脱走したのは、あなたのせいじゃないわ』

「いえ、すべて僕の責任です」

『だとしても、シッターの仕事を放り出して逃げるほどのことかしら。結果としてあの子たちは無事だった。それでいいじゃない』

「でも……」

『あなたがいなくなってから、あの子たち幼稚園を休んでいるの』

「……え」

朝になるとふたりして『幼稚園に行きたくない』と愚図るようになってしまったのだという。マリアはほとほと手を焼いているらしい。

「すみません……僕のせいで」

『そう思うのなら今すぐに戻ってきてちょうだい。あの子たちの笑顔を取り戻せるのはあなたしかいないのよ』

電話を切るなり、楓太は立ち上がった。

会いたい。今すぐ奏介と耀介に会いたい。込み上げてくる思いが背中を押す。しかし玄関のドアノブに手をかけたところで、思いとどまった。

――今さらどの面下げて会いに行けばいいんだ。

シッターをやらせてほしいと言い出したのは自分だ。食事に招かれた夜、あんなことを言わなければ、ふたりが家を抜け出そうなどと思うことはなかった。危険な目に遭わせることもなかった。柊と間違いを犯すこともなかったのだ。その上パニックを起こしてホテルの部屋から逃げ出してしまった。三人に会いたいと願う資格すら、今の自分にはない。

どの道あと数日で夏休みが終わる。秋になれば遠足、運動会、芋掘りと楽しい行事が目白押しだ。何かのきっかけできっとまた、今までのように楽しく幼稚園に通える日が来るに違いない。

——僕がいなくても、きっと笑顔で……。

身勝手で傲慢な希望だとわかっていても、そう願わずにはいられなかった。

「奏ちゃん、耀ちゃん……」

ふたりの弾けるような笑顔を思い出そうとするのに、浮かんでくるのは夢の中と同じ悲しそうな顔ばかりだ。

「ごめんね……ほんとにごめん……っ」

楓太は玄関の三和土(たたき)に座り込み、顔を覆って嗚咽した。

大学祭当日まで数日に迫ったその日、楓太たち実行委員会メンバーは準備の最終確認に余念がなかった。特に『リプドリ』のステージを担当している企画局の面々は、日に日に緊張が高まっているようだった。二日間に亘る大学祭の一日目に行われる野外ライブは、祭りのメインイベントと言っても過言ではないからだ。

「メンバーは東側の袖から登場して、西側の袖にはける。なんで、東西それぞれの袖に三人ずつ配置する。西側には田中、伊藤、今野、東側には――」

委員会室の黒板に描かれたステージ付近の見取り図を指しながら、航平が人員配置の確認をしている。当日は企画局以外のメンバーも大勢サポートに入る。楓太は興奮した観客がステージに近づかないように、ステージの下で待機する係だ。

「太田さん、ライブの曲順って決まってるんですか？」

二年生の女子が手を上げて質問をする。

「さっきやっと届いた。今プリントアウトしてもらっているからできたら配る。ちなみに楓太、当日の降水確率は？」

突然ふられ、楓太はあわあわとスマホを取り出し立ち上がった。

「えーっと……ヤホーの予報では〇パーセントだそうです」

おおお、と歓喜の拍手が湧き起こる。

「でかしたぞ、並木」

「いや、並木関係ねえし。ヤホーだし」

今度はドッと笑いが起こった。楓太も一緒に笑う。こうして仲間たちの中にいるひと時だけが、今にもぽっきりと折れてしまいそうな心を支えていた。

「そういえば楓太、最近あの時計してないな」

確認が終わると、思い出したように航平が言った。佐野宮邸を出てアパートに戻ってから、楓太は柊からもらった時計を一度も身につけていない。

「やっぱりちょっと、もったいなくなっちゃって」

小さなうそを、航平は「だよな」と笑って流してくれた。チクリと胸が痛んだ。

ひとりきりのアパートに戻りドアの鍵を閉めた瞬間、否応なしに現実に引き戻される。自分以外の温度のない空間はシンとして、静寂の重苦しさに居たたまれなくなる。上京して二年半、ひとり暮らしを孤独だと感じたことは一度もなかったのに。

――佐野宮さん、奏ちゃん、耀ちゃん……。

心の中で愛しい人たちの名前を呟く。自ら手放した幸せなのに。

込み上げてくる苦いものから逃れたくて、楓太はテレビの電源を入れた。二年半ほぼ部屋のオブジェだったテレビが、ここへ来て奇跡の大活躍だ。ニュースでもバラエティーでもスポーツ中継でも、内容はどうでもいい。気を緩めると襲ってくる後悔と自己嫌悪を、映像と音で掻き消してくれればそれでよかった。

夕方のニュース番組をBGMに、楓太はキッチンで夕食の準備を始めた。

『さて次は旬なゲストに忖度（そんたく）なしにあれこれ訊いちゃう「エンタめっちゃ深掘り」のコーナーです。崎田（さきた）アナ、今回のゲストはどなたでしょう』

『ふふふ。私のこの笑顔で察してください』

『すごく嬉しそうですね。なんだか目がハートになっていますよ』

『だって最高に幸せな時間だったんです。一生インタビューしていたかったくらいです』

『あはは。さてさてどなただったのでしょう。ではどうぞご覧ください』

アナウンサー同士の掛け合いを片耳で聞きながら、冷蔵庫から卵を取り出した時だ。

『はじめまして。TSCテレビの崎田と申します。本日はよろしくお願いいたします』

『はじめまして。佐野宮柊です』

「えっ、あ、わっ……と」

楓太は危うく落としかけた卵を冷蔵庫に戻すと、急いで居間に戻った。

テレビ画面は、ホテルの一室と思しき場所で、崎田という女性アナウンサーと向き合う柊が映し出されていた。来春公開予定の新作映画の宣伝らしく、傍らには映画のポスターが掲げられていた。出会った日、慶青のキャンパスでロケをしていたあの映画だろう。

――佐野宮さん……。

柊は数々のCMに出演している。テレビを点けていればその姿を目にすることも少なくないが、こんなふうにインタビューに答えている彼を見るのは初めてのことだった。

『ストーリーには微妙に恋愛的な要素も絡んでいるとお聞きしていますが』

『ええ。ミステリーなのでやはりそっちがメインになりますが、恋愛要素も実はわりと重要というか……あんまり言うとネタバレになっちゃうんですけど』

柊が柔らかく微笑む。崎田アナの頬がほわんと朱に染まるのがわかった。

白いコットンシャツにネイビーのジーンズというシンプルな服装が、かえってそのスタイルのよさを引き立たせている。佐野宮柊という俳優に余計な装飾はいらない。家で弟たちと寛ぐ姿も素敵だったけれど、こうしてテレビ画面越しに姿を見ると、彼が押しも押されもせぬ大スターなのだと再認識しないわけにはいかなかった。

——やっぱり住む世界が違うんだ……。

胸の奥がぎゅっと絞られるように痛む。

『撮影はかなり大変だったようですね』

『長かったですからね。今回は、正直ちょっと疲れました』

ふと柊の瞳が仄暗(ほのぐら)い色を宿したのを楓太は見逃さなかった。そういえばほんの少しやつれた気がする。

——僕のせいだ……。

奏介と耀介がいなくなったと知るや、柊は撮影を放り出して飛んできた。どれほど肝を冷やしただろう。どれほど心配しただろう。柊にとってもあれは、寿命が縮むような事件だったはずだ。

——その上僕とあんなことに……。

楓太はぐっと拳を握った。

会いたい。柊に会いたい。叶わないとわかっていても、思いは強くなるばかりだ。

『佐野宮さんご自身の恋愛についてはいかがでしょう。以前は「そんな暇ない」とおっしゃっていましたが』

『うーん、そうですね……「そんな暇ない」のには変わりないんですが』

『が？』と崎田アナが身を乗り出す。柊は少し照れたように指先で鼻の頭を掻いた。

『以前は、自分の人生を構成する要素として、恋愛は必要不可欠なものではないと感じていました。でもやっぱりそうじゃないのかなと、最近』

『やはり恋愛も必要だと？』

『この歳まで「暇がない」と言ってきたのは、それが事実だからです。ことさら恋愛を遠ざけてきたってわけじゃなくね。縁もなかったし』

『佐野宮さんくらいになれば、どんなに忙しくても縁の方から近づいてくるんじゃないですか？　恋のひとつやふたつ思いのままっていう気がしますが』

『あはは。だといいんですけど、現実はなかなか厳しいです』

柊は戸惑ったように、ほんの一瞬カメラ目線になる。画面越しに目が合ってしまい、楓太の心臓はドクンと鳴った。

『大体、思いのままになる恋なんてあるんですかね。そういう恋をしている人はあれですか、やっぱり前世で徳を積んでいるとかでしょうか』

何やら急にやさぐれ始めた柊に、崎田アナが苦笑する。

エンタ
めっちゃ
深堀り☆
ROADSHOW
佐野

『それはもしかして佐野宮さんご自身の――』

『一般論です』

『でも今「現実は厳しい」っておっしゃい――』

『一般論です』

柊はきっぱりと言い切ったのだが。

『それにしても、なんでこうもままならないんでしょうね。どうしたら気持ちが伝わるのかさっぱりわからないし。挙句嫌われて逃げられて……勝手にどっか行っちまうし、何がなんだかもう』

『あの、佐野宮さん』

『あ、一般論です』

誰が聞いても一般論とはとても思えない内容に、崎田アナは困惑気味に『だそうです』と苦笑した。その後話題は再び新作映画に戻りインタビューは終わった。次のコーナーに切り替わったテレビ画面を、楓太は釈然としない気分で見つめていた。

柊は拓真と上手くいっていないのだろうか。少なくとも撮影所で見たふたりの様子からは、ぎくしゃくした様子は伝わってこなかった。先日の週刊誌の記事についても、エンターポラリスが出版元に抗議をしたという話は聞こえてこない。

第一拓真が柊を嫌って「どっか行っちまう」ようなことがあったら、ドラマの撮影は立ち行かなくなるのではないだろうか。

——ネットにもそんな噂、出ていないけど……。

傍らのテーブルに置いたスマホを手にしようとして、すぐに思い直した。ネットに上がっている情報には、出所の怪しいものも数多ある。もしふたりが喧嘩別れしたとしても楓太には知る由もない。

——佐野宮さんが誰と恋愛しようと、僕には関係ないことだし。

そう思ったら、鼻の奥がツンとした。

「関係ないんだ、もう」

楓太はテレビの電源を切った。リモコンをテーブルに放り投げると、逃げるようにキッチンに向かった。

数日後、慶青学院大学はついに大学祭当日を迎えた。本格的な準備が始まっておよそ三ヶ月。昨年から実行委員に加わった楓太にとっては、委員として迎える二度目の、そして最後の大学祭だ。

「今年は天気に恵まれたな」

「うん。去年は初日の午後から雨だったもんね」

楓太は傍らの航平と頷き合う。抜けるような青空には小さな雲ひとつなかった。

まだ昼前だというのに、屋台の前にはすでに行列ができている。キャンパスのあちこちで、たこ焼きや焼きそばのトレーを手にした学生たちが思い思いの時間を過ごしている。その楽しそうな笑顔に、この三ヶ月の頑張りが報われていくような気がした。

「ようやく漕ぎつけたな」

感慨深げな航平の呟きに楓太は「そうだね」と微笑む。『慶青学院大学　大学祭実行委員』とプリントされた揃いのTシャツが、初秋の風を孕んでふわりとそよいだ。十月に入り、都心にあるこのキャンパスにも秋の気配が忍び寄ってはいるが、昼間の気温はまだまだ高い。ペットボトル飲料の屋台の前は、集まった学生たちで混雑していた。

「この気温だと、思ったより冷たい飲み物が出そうだな」

「そうだね。手配がどうなってるか、高橋くんに確認してみようか」

すかさずポケットからスマホを取り出し、飲料担当の委員に連絡を取ろうとすると、横で航平がクスッと小さく笑った。

「ん？　なに？」

「いや、楓太成長したなあと思ってさ。去年はいちいちおどおどして、俺の後ろに隠れてばっかりだったのに」

「あはは。そうだったかも」

「かもじゃねえし。あの頃に比べたらお前、本当に変わったよ。特に夏休み明けてからなんて、総務局ん中でお前が一番働いてたじゃん。みんな褒めてたぜ」

手放しの賛辞を、楓太は複雑な思いで受け止めた。確かにこのところの楓太は、委員会室に一番乗りし、最後まで残って作業をしていた。その姿は誰の目にも大学祭の成功に向かってひたむきに邁進しているように見えただろう。

委員として最後の大学祭を大成功で終わらせたい。もちろんその気持ちにうそはない。しかしここ数日の楓太を衝き動かしていたのは、まったく別の感情だった。

『俺は、お前とこうなったことを間違いだとは思っていない。俺は、お前を』

あの後柊は、どんな言葉を紡ごうとしたのだろう。どれほど考えても答えを導き出すことはできなかった。『大事な話がある』と柊は言った。その瞬間、楓太の脳裏に浮かんだのは拓真の顔だった。

だから逃げた。逃げるなよと念を押されても、最後通牒を受け取る勇気はなかった。

──僕は……弱虫の卑怯者だ。

成長したと航平は言ってくれたけれど、とてもそうは思えない。傷つきたくない一心であの場から逃げた。醜い自己保身の代償は大きく、奏介と耀介は幼稚園に行けなくなった。

──僕のせいで……。

あれから何度、佐野宮邸に戻ろうとしたかわからない。せめてふたりの顔を見て、抱きしめて、心から謝りたいと思った。しかしそのたび「今さらだろ」ともうひとりの自分がせせら笑い、すんでのところで踏みとどまる。その繰り返しだった。

たとえ柊やマリアが「許す」と言ってくれても、楓太は自分を許すことができない。それなのに何を見ても何を聞いても、三人の顔が浮かんでしまう。あの家に戻りたい。あの暮らしに戻りたい。思いを断ち切れない自分の傲慢さに吐き気がした。

大学祭の準備に没頭しているのは、結局のところ現実逃避だ。しかしそんな本音を傍らの航平に打ち明けられるはずもなく、楓太はますます激しい自己嫌悪に襲われるのだった。

「人見知り全開のお前も嫌いじゃなかったけど、俺は今のお前の方がいいと思うぜ」

「……ありがとう。もし僕が少しでも成長できたんだとしたら、あの時航平が誘ってくれたおかげだよ。感謝してる」

「やめろよ、照れるわ」

「だって本心だから」

肘で突き合っていると、航平のスマホが鳴った。

「お、委員長さまからだな。そろそろ戻ってこいってか?」

肩を竦めてスマホを手にした航平だったが、すぐにその顔から笑みが消えた。

「……わかった。俺もすぐそっちに行く」

通話を切った航平は、厳しい顔で眉根を寄せた。

「何かトラブル?」

「マズイことになった。『リプドリ』が渋谷線の事故渋滞に巻き込まれてるらしい」

楓太は「えっ」とひと言発したまま固まった。

「巻き込まれたって、それ、どういう」

「俺も詳しいことはわからん。とにかく戻ろう」

ふたりは頷き合い、広田たちのいる野外ステージへと向かった。

開演は十五時。アンコールも含めて一時間のライブの予定だ。『リプドリ』のメンバーには開演の二時間前に、控室として用意した講義室に入ってもらうことになっている。楓太は走りながら腕時計を確認する。時刻は十一時三十分。本来ならあと一時間半でメンバーが到着する予定だ。

野外ステージ裏のテントに駆けつけると、すでにアクシデントの発生を聞きつけた何人かが集まっていた。みな一様に硬い表情をしている。

「……わかりました……はい……また状況が変わったら連絡ください……」

おそらく『リプドリ』側と連絡を取っていたのだろう、広田はスマホの通話を切るなりふるんと首を振った。その表情から事態の深刻さが伝わってきた。

「ダメだ」

「ダメってどういうことだよ」と航平が詰め寄る。「まさかメンバーが怪我を?」

「いや『リプドリ』の車は巻き込まれていない。メンバーは全員無事だ。けど乗用車五台が絡む事故で、上り線は十キロの渋滞だそうだ」

「十キロ……」

周囲の空気が一段と重くなった。事故現場から慶青のキャンパスまでは、通常なら多少渋滞をしても三、四十分だ。しかし車五台が絡む交通事故の処理に一体どれくらいの時間がかかるのか誰にも見当がつかなかった。

「間に合うのかな」

誰かがぽつんと呟く。場の空気がさらに重くなる。

「とにかくここで気を揉んでいても仕方がない。間に合ったものと仮定して予定通り準備を進めよう。ひとまずみんな持ち場に戻って作業を続けて。大丈夫、なんとかする」

広田が努めて明るい声で指示を出した。

「で、間に合わなかった場合なんだけど」

メンバーが持ち場に散っていくのを確認した後、広田は航平に視線をやった。

「てか、正直間に合わない可能性が高いと俺は思う。『リプドリ』が到着するまでの場繋ぎをしてくれるやつらを大至急探そう」

航平は「俺も同じことを考えていた」と頷いた。

「同じゼミに落研の部長がいるから連絡してみる。あと趣味でパントマイムやってる知り合いがいるからそっちも当たってみるわ」

「さすが航平。俺もクラスにギター部のやつがいたはずだから連絡してみる。あと実はいとこの高校生がボカロPをやってる」

「お、いいじゃん。とにかくダメ元で片っ端からかけ合ってみようぜ」

頷き合う航平と広田の横で、楓太は次第に項垂れていく。この委員会の仲間以外に友達と呼べる人間が楓太にはひとりもいない。挨拶を交わす程度の知り合いなら何人かいるけれど、ピンチの時に助けを求められるような相手など、ひとりとして思い浮かばない。

――ごめん……役に立てなくて。

心の声が伝わったのか、航平が楓太の肩をポンと叩いた。

「いざとなったらお前もステージに立ってもらうからな」

「へ？　僕？」

「お前、歌めっちゃ上手いだろ。あの歌声なら二十分は持たせられる」

楓太はぎょっと目を剝いた。

「じょ、冗談、だよね」

「悪いけど今、冗談言ってられる余裕ねえんだわ」

「無理！　絶対無理だから」

「楓太、お前は成長した。大丈夫、歌える」

「そ、そんな無責任な」

「……あ、もしもし俺。ごめんな急に。実はちょっと困ったことが起きて――」

航平は詰め寄る楓太を手で制すると、スマホを手に背中を向けてしまった。隣で広田も同じように知り合いに連絡をしている。

「そんなこと、急に言われても……」

先だっての昼カラではやむなくマイクを握ったが、正直なところカラオケは大の苦手だ。人前に出るだけで余命が削られるほど緊張するのに、歌など歌えるはずがない。ましてや大勢の人が見ているステージの上でなんて。

――絶対に無理。歌う前に倒れる。死ぬ。

楓太は拳を握りしめ、ぶるぶると激しく頭を振った。

――まだ歌うって決まったわけじゃないんだ。大丈夫、きっと大丈夫。

落研が、パントマイムの人が、ギター部が、ボカロPが、きっとなんとかしてくれるに違いない。広田は悲観的だったけれど、事故処理が迅速に終わって予定通り十五時からステージが開演できるかもしれない。

しかし楓太の淡い期待をよそに、開演時間の十五時を迎えても『リプドリ』のメンバーが姿を見せることはなかった。事故処理の進捗状況は不明だが、過去の事故事例からそろそろ終わる頃ではないかと判断した広田がステージに立ち、事情により開演が遅れる旨を観客に伝え謝罪をした。

突然の依頼にもかかわらず、落研とギター部が前座を引き受けてくれたのは、航平と広田の人徳の賜物だろう。落研部長の落語に会場から笑いと拍手が起きるたび、ありがたさで胸がいっぱいになった。ステージ袖に集まった委員会の面々も、みな祈るような表情で落語と腕時計を交互に見つめていた。

『リプドリ』のマネージャーからようやく事故処理が終わりこちらに向かっているという連絡が入ったのは、ギター部が二曲目の演奏を終えた頃だった。二十分後には到着できそうだということだった。前座が始まってからすでに三十分が過ぎていた。

「二十分か……持つかな」

会場からの拍手は、時間ごとに散漫になってきている。パフォーマンスの良し悪しではない。みんな『リプドリ』のライブを観に来ているのだから無理もないことだった。

「そろそろ限界っぽいな。ざわつき始めている」

広田の声が重苦しく響く。

「到着まであと二十分かかるって正直に話した方がいいな」

「ああ、そうだな。けどその前に、まだひとりいる」

広田の提案を遮った航平が、楓太の腕を摑んだ。

「オケ、用意したから」

航平の真剣な眼差しに、楓太は凍りついた。

「ま、まさか、本気……？」

「頼む。十分、いや五分でいい。せっかく集まってくれたお客さんに、少しでも楽しんで待っていてほしいんだ」

「ぼ、僕の歌なんて、楽しくもなんとも……」

楓太は震えながら一歩、二歩と後ずさった。

「いーや、お前の歌声にはなんとも言えない癒やしがある。な？」

航平の台詞に、周囲の面々が揃って頷く。

「そんな、こと、言われても」

「最近のヒット曲、何曲か用意したから、歌えそうなのを選んでくれ」

ごめん、歌えるのは『きみのいない春』だけなんだ。そう言いたいのに、極度の緊張から言葉が上手く紡げない。足ががくがくと震えた。

「カラオケのノリでいいんだ。頼むよ」

「楓太、頼れるのはお前だけなんだ」

「お願い、並木くん」

そこにいた全員に頭を下げられ、楓太はぐらりと目眩を覚えた。

ステージの袖でガタガタ震えているうちに、ギター部の演奏が終わってしまった。

——誰か助けて……神さま。

意識が遠のきそうになり、ぎゅっと強く目を閉じた時だ。

「あ、きみ、そのギターを借りてもいいかな」

不意に耳に届いたその声に、楓太はハッと目を開けた。同時に背後で「え」「きゃっ」「うっそ」「えぇっ、マジ?」と声が上がり、バックヤードが俄かにざわめく。

「すまない。ちょっとだけ借りたいんだけど、いいかな」

「ど、どうぞ。てかマジっすか! 本物っすか!」

「本物だよ。ありがとう」

——この声、まさか……。

恐る恐る後ろを振り返った視線の正面にその人は立っていた。黒のカットソーにダメージジーンズというラフな格好で、ギターを片手にしている。目深に被っているのは、楓太がシルバーのヨットの刺繍を施したあのキャップだ。

「な、なんで……」

緊張のあまり夢でも見ているのだろうか。呆然と立ち尽くす楓太をよそに、柊は「イベントの責任者はきみ?」と広田の前に立った。

「は、はいっ、委員長の広田です」

「佐野宮です」

「めちゃくちゃ存じ上げております。けど佐野宮さんがどうしてここに……？」

「たまたま近くに用事があって、キャンパスの前を通りかかった。ふと先だってロケで訪れた際、とても素晴らしいロケーションだったことを思い出して、入ってみたくなったんだ。木の葉を隠すなら森の中って言うだろ？　大学祭の賑わいに紛れてうろうろしていたんだ。で、偶然きみたちの窮境を耳にしてしまったってわけだ」

「そ、そうだったんですか」

みんなは納得したようだったが、楓太には到底信じることはできなかった。どんなに森の奥深くに隠しても、柊はただの木の葉ではない。キラキラと眩い光を放つ特別な木の葉なのだ。変装もせずに、ファンを自称する女子学生が数多くいるキャンパスをうろうろできるはずがない。

「で、俺は何かしらきみたちのお役に立てそうかな？」

柊が手にしたギターを掲げると、そこにいた全員から「うおお！」「きゃああ！」と大きな悲鳴が上がった。その場で飛び跳ねながら「夢じゃないよね」と泣いている女子もいる。

「二十分持たせればいいんだな？」

「はい！　曲とかトークとか、もう全部お任せしますので！」

「どうかよろしくお願いします！」

広田と航平が深々と頭を下げる。他の面々も「お願いします！」とそれに倣った。柊は「おう」と軽く手を上げ、ステージに向かった。

舞台の袖で呆然とする楓太に、柊が近づいてくる。ドク、ドク、ドク、と鼓動が高まる。

一瞬、歩を緩め、柊が耳元で囁いた。

「今度こそ逃げるなよ」

すれ違った瞬間、ふわりと柊の匂いがした。

「……っ」

ズクン、と下腹に重い熱が生まれた。膝から力が抜け、楓太は傍らのパイプ椅子の背もたれを摑む。

――ダメだ……。

念のためにあれからもずっと抑制剤を飲んでいる。なのにどうしてこうも強烈に反応してしまうのだろう。

――なぜ僕の身体は、佐野宮さんにだけ……。

困惑の嵐に巻き込まれる楓太を振り返ることもせず、柊は風のようにステージへ上がっていった。

「みなさんこんにちは」

柊がマイクの前に立つと、ざわついていた客席が一瞬、水を打ったように静かになった。

「どうも。通りすがりの俳優です」

柊が少し俯けていた顔を上げる。指先でキャップのつばを上げた瞬間。

「え、え、ええ～～っ？」

「きゃあああ！　マジ？」

「うそ、なんのサプライズ？　てか夢？」

会場を黄色い悲鳴が支配する。

「『リプドリ』さんが遅刻するって聞いて、ちょっと時間をもらったんだけど、歌ってもいいですか？」

「いいで――す！」

会場は、早くも一体になる。

「ありがとう。では聴いてください」

ポロン、と柊がギターを鳴らした。会場がふたたびシンとする。

「きみの声が聞こえた気がして――」

その歌声に、楓太はそっと目を閉じた。激しい鼓動が少しずつ収まっていく。

しっとりと優しいメロディーに乗せた悲しい別れの曲。芸能界にもエンターテインメントにもまるで興味のなかった楓太が、ただ一曲強く心惹かれた歌だ。

自分の失態から奏介と耀介を危険に晒し、シッターを辞めようと決めた。それがどれほど身勝手な決意なのか嫌というほどわかっている。だからもう二度と柊と会うことは叶わないだろうと思っていた。

あれからずっと、この歌が頭の中でリフレインしている。秋が終わり冬が過ぎ、やがて春が訪れても傍らにきみはいない――そんな歌詞だ。

初めてのキスも、頭をポンポンも、誕生日のハグも、一度だけの過ちも、すべて夢だったのだ。そう思おうとするのに、柊の瞳の温かさも、大きな手のひらの感触も、荒々しい息遣いも囁きもずっと鮮やかなままで、幾夜も枕を濡らした。

柊がギターを鳴らす。一番が終わり間奏に入ると、会場をふたたび大きな拍手と悲鳴が包んだ。騒ぎを聞きつけた学生たちが会場の周囲に集まり始めている。

「おい楓太、見惚れてないで早く所定の位置につけ」

航平の声に、楓太はハッと我に返る。

「ごめん。すぐ行く」

楓太は急いで持ち場であるステージ下に向かった。

柊の歌声を背に、観客席に異変がないか注意を払う。絶体絶命のピンチに柊が救いの手を差し伸べてくれたのだ。どんな小さなトラブルも絶対に起こしてはならない。

あっという間にすし詰め状態になった会場を見回す。胸に両手を当てうっとりと聞き惚れる者、涙を拭うのも忘れて一緒に口ずさむ者、ステージの柊に手を振り続ける者――。

みな時ならぬスターの登場に、興奮を隠しきれないようだった。

——どうして……。

背にしたステージから、大好きな歌声が聞こえる。会場に視線を這わせながら、楓太は問いかけずにはいられなかった。

——どうしてこんなところに来たりしたんですか。

あなたの恋人は神林さんじゃないんですか？　彼が『運命の番』じゃないんですか？

『大事な話がある。すごく大事な話だ。逃げたりするなよ』

【必ずお前の居所を探し出して会いに行くから、今度は逃げるなよ】

『今度こそ逃げるなよ』

——なんでそこまでして僕を……。

どこまでも優しい歌声の主を振り返りたくなる衝動と、楓太は闘い続けた。

およそ三十分後、『リプドリ』のメンバーが到着したのを確認し、柊はステージを降りた。割れんばかりの拍手に送られてバックヤードに戻ってきた柊は、あらためて礼を告げようと駆け寄ってきた委員会の面々を手で制し、隅っこにいた楓太のもとへ真っ直ぐやってきた。

「行くぞ」

伸びてきた手が楓太の二の腕を摑む。

「えっ……あ、痛っ」

腕の痛みと同時に、全身の産毛が逆立った。

「……っ……ぁ……」

蹲りそうになる楓太の身体を、柊がぐっと引き上げた。

「来い」

有無を言わせぬ声で告げると、柊は唖然とする委員会のメンバーをよそに、楓太をバックヤードの外へ連れ出した。いつの間にやってきたのか、すぐ近くに見覚えのあるワンボックスカーが横づけされていた。

「柊、早くしろ」

運転席から白坂が手招きをしている。

「どうして白坂さんが……」

「いいから乗れ」

返事も待たず、柊は楓太を後部座席に放り込んだ。あまりに強引なやり方にしかし、楓太は一切抵抗をしなかった。できなかった。

柊と対峙し腕を摑まれたその瞬間、ヒートに陥ってしまったからだ。

およそ十五分後、車が停まったのはなんと佐野宮邸の前だった。柊と楓太が車を降りるのを確認すると、白坂は運転席に収まったまま無言で車を発進させた。

「そ、奏ちゃんたちは……」

「今週ちゃんと幼稚園に行けたご褒美に、外で晩ご飯だそうだ。あと数時間は戻らない」

早口で状況を説明しながら、柊は楓太を二階の寝室へと連れていく。ドアを閉めるなり、ベッドの上に転がされた。

「あ……あぁ……佐野宮さっ……」

息が詰まるほどの力で抱きしめられ、圧しかかられ、楓太は切ない声を上げる。

「あぁ……ん、ふっ……」

車の中ですでに限界は来ていた。呼吸は次第に浅くなり、身体が小刻みに震え、股間には前回より大きな先走りの染みができていた。柊に支えてもらわなければ車を降りることも階段を上ることもできなかった。

「楓太……」

楓太がヒートに陥っていたことに、白坂は気づいていたはずだ。普通なら恥ずかしくて仕方のない状況だったのに、羞恥心さえ霧散してしまうほど楓太は差し迫っていた。

熱っぽい声で囁かれながら唇を塞がれる。鼻腔いっぱいに柊の匂いが広がったその瞬間。

「あっ、ひっ、ああっ！」

それは一瞬のことだった。着衣のまま、楓太は達してしまう。

「ん……っ……」

放ったものがどろりと尻の方へ流れ落ちていくのがわかった。暴発のようなそれに呆然としていると、柊がクスッと笑った。

「キスだけでイッちまったのか」

粗相を咎められたようで、居たたまれなくなる。以前より確実に感じやすくなっているのは、この先にある快感を身体が覚えているからだろう。

「だって……すごくいい匂いが」

「いい匂い?」

「……佐野宮さんの」

「俺の?」

楓太はコクンと小さく頷いた。柊の匂いに楓太は弱い。目眩がするほど強烈な雄の匂いは、いつも楓太の理性を奪い取っていく。アルファ特有のものなのかと思ったこともあったが、他のアルファから感じたことはない。だから柊だけの匂いなのだろうと思っている。

「お前の方がよほどいい匂いだろ」

「僕ですか?」

きょとんと首を傾げると、柊はなぜか眉を八の字にして「自覚がないとはな」と首をふるんと横に振った。

「今まで俺がお前の匂いにどれほど……まあいい。どっちみちお前はもう俺のものだ」

どういう意味なのかと問う暇も与えず、柊は楓太の着てきたものを次々と剝いでいく。あっという間に生まれたままの姿にされ、激しい羞恥が襲ってくる。

「楓太、お前は俺が嫌いか」

Tシャツを脱ぎ捨てながら柊が尋ねた。突然の質問に、楓太はぐっと押し黙る。

嫌いなわけがない。嫌いになれたらどんなにいいだろうと、何度思ったことか。

「嫌いなのか？」

「…………」

「俺はお前が好きだ」

「……え」

今なんと言ったのだろう。楓太はのろりと顔を上げる。

「お前が好きだ」

嚙んで含めるように、柊がゆっくりと繰り返す。

「う……」

「うそじゃない」

楓太は「うそです！」と頭を振った。

「だって佐野宮さんには……神林さんが」

できれば口にしたくない名前だった。唇を嚙みしめる楓太の前で、柊はふうっとため息をひとつついた。

「そんなことじゃないかとは思っていたが、やっぱり」

「……やっぱり？」

「古紙回収の束に週刊誌が挟まっていた。あの記事を読んだんだろ？」

答えたくなくて俯いた楓太の頰を、柊が両手でふわりと包む。

「拓真はただの共演者だ。なんの関係もない」

「うそ――」

「だからうそじゃないって言っているだろ。他のやつはどうでもいい。俺が訊きたいのはお前の気持ちだ。俺のことが嫌いか？」

――どうでもいい？『運命の番』なのに？

混乱する楓太の瞳を、柊が熱く見つめる。

「俺が好きなのはお前だ、楓太。気持ちを聞かせてくれ」

真摯な眼差しが真っ直ぐに自分を見つめている。

口にしてもいいのだろうか。本当の気持ちを。

「僕も……」

ごくりと唾を呑み、楓太は視線を上げた。

「好きです。佐野宮さんが」

一瞬、柊が泣きそうな表情をした。初めて見せる幼子のような瞳だった。

「大好きで……ものすごく好きで……だけど」

皆まで言うなとばかりに強い力で抱きしめられた。

「もういい。お前が俺を好きなら、他のことはどうでもいいんだ」

「佐野宮さん……」

「お前は俺のものだ。俺だけの……」

「……んっ」

もう一度唇を塞がれた。好きになってもいいんですか？　あなたのものになってもいいんですか？　尋ねることも許されず、熱い舌で口内深くまで蹂躙される。

「……ふっ……んっ」

唇を貪り合い舌を絡め合ううちに、下半身がふたたび熱を帯びてくる。

——もっと欲しい……佐野宮さんのすべてが欲しい。

もどかしいキスの合間に、柊がジーンズを脱ぎ捨てる。目の前に現れた怒張はまるで凶器のようで、楓太は思わず息を呑んだ。

——これで、奥を掻き回されたら……。

想像しただけで身体の芯が蕩けそうなほどの興奮を覚える。

後孔がどろりと濡れるのがわかった。

「欲しいか？」

「……ください……んっ……」

濡れた唇に、紅潮した頬に、ほっそりとした首筋に、柊はキスの雨を降らせる。男にしてはきめの細かい肌に柊の唇が触れるたび、身体中に電流が走るような気がした。

「うつ伏せになれ。舐めたい」

どこを？　と尋ねることすら憚られた。

欲望を隠そうともせず、柊は楓太の身体を裏返した。

「もうこんなに濡らして……エロいな」

耳を塞ぎたくなるような卑猥な台詞が、楓太の欲情をこれでもかと煽る。

「早く……」

舐めて、と吐息に乗せて囁くと、柊が小さく舌打ちをした。

「ギャップありすぎだろ。俺としては嬉しい限りだけどな」

「あっ……ひ、やっ……」

舌の先端が小さな孔に挿し込まれる。ぬちぬちと抜き差しされ、楓太はたまらず細い腰を揺らした。

自分が発した台詞が信じられない。恥ずかしくてたまらないのに、本能が勝手に快感を追い求めてしまう。

「欲しっ……もっと……して」

「もっと欲しいか?」

「やぁ……んっ……」

入り口の襞(ひだ)をぬるぬると舌先でなぞりながら、柊はその長い指をぐっと挿し込んだ。内壁をぐるりと刺激された途端。

「ああっ、それ、ダメ」

「ひっ、あああっ!」

楓太はまたしても暴発してしまった。シーツの上にハタハタと白濁をまき散らしてしまい、楓太は半べそになる。

「本当に感じやすいんだな」

「ダメって……言ったのに」

涙目になりながら肩越しに睨みつける楓太を、柊は背中からぎゅっと抱きしめた。

「そんなに可愛い顔すると、セーブが利かなくなるぞ」

セーブなんかしていないくせに。口を突きそうになった文句を呑み込んでしまったのは、双丘の狭間に柊の欲望を感じたからだ。

ぐりぐりと押し当てられるそれは燃えるように熱く硬い。さっき目にしたそれの猛々しさを思い出し、楓太は思わずごくりと喉を鳴らした。

「早く……来て」

返事の代わりに、柊は楓太の細い腰を両側から摑んだ。

「入るぞ」

凶暴な熱が後孔に押し当てられたと思ったら、ぐうっと一気に中へ押し込まれた。

「あぁ……」

「大丈夫か」

カクカクと頷くのがやっとだった。二度目の挿入もやっぱり苦しくて、だけどやめてほしいとは微塵も思わなかった。柊が欲しい。一秒でも早く一番奥で繋がりたい。強い欲望が楓太を支配していた。

浅く深く、深く浅く、柊が奥へと進んでくる。柊が腰を揺らすたび、楓太はあられもない喘ぎ声を上げた。

「あぁ……すごっ……い」

「楓太……」

柊の声が濡れている。クールさの欠片もない切なげな声が、楓太の欲情を煽った。

「楓太……好きだ」

「僕も……佐野宮さんが好き……大好きです」

溢れた涙は、灼熱に貫かれる痛みや苦しみからではない。違う世界で生きていると思っていた柊が、触れることのできない存在だと思っていた柊が、好きだと言ってくれた。大きすぎる喜びは胸から溢れ、涙となって頰を伝ったのだ。

——夢みたいだ。

夢なら醒めないでくれと願わずにはいられない。

「楓太、俺と番になろう」

「……え」

「余計なことは考えるな。俺と番になりたいか、なりたくないか」

一瞬、週刊誌の記事が脳裏を過る。本当に拓真は柊の『運命の番』ではないのだろうか。まだ迷いの中にいる楓太の耳朶に、柊が囁いた。

「愛してる」

その告白に、楓太は大きく目を見開く。

「愛しているんだ、楓太」

「僕も……愛してます」

「番になってくれるか?」

楓太は「はい」と頷く。涙がまたひと粒頰を伝った。

「やっとだ……これでやっと……」

感極まったような声で柊が呟く。

何がやっとなのか、尋ねる暇も与えず柊は楓太の中を抉った。

「ああ……すごっ……い」

ぐちゃぐちゃと奥を掻き回され、目の前に火花が散る。

柊の太い切っ先が楓太の一番感じるところをこれでもかと擦る。

「やぁ……んっ、あっ……」

腰の奥が蕩けていくような感覚に、楓太は身も世もなく喘いだ。柊は激しく腰を打ちつけながら、楓太の頸筋に歯を立てる。

と、次の瞬間、ズキンと強い痛みがそこに走った。

「……っ！」

ドクドクドクと、鼓動が速まる。同時に全身が発火したように熱くなる。

「あぁ……佐野宮……さっ……」

射精感が恐ろしい勢いで高まっていく。

「あ、あっ、も、もうっ……」

「イけよ」

「あぁ……んっ！」

シーツをきつく握りしめ、楓太は達した。

激しい吐精の中で、最奥に柊の熱い欲望を叩きつけられるのを感じた。

「……ぁ……っ……」

はあ、はあ、と息を切らしながら、ふたりでシーツに沈む。

——これで僕は、永遠に佐野宮さんのもの……。

圧しかかってくる愛おしい重みを感じながら、楓太はひと時意識を手放した。

「楓太……おい、楓太」

まどろみの中で誰かが呼んでいる。ずっと聞きたかった声。大好きな声だ。

——この声は……。

楓太はハッと目を開けた。急速に現実が戻ってくる。

「すみません、僕、寝ちゃったみたいで……何時ですか」

「六時だ。あと三十分くらいでチビたちが帰ってくる」

もぞもぞと起き上がろうとすると、柊が背中を支えてくれた。

「気分はどうだ?」

「大丈夫です」

「ヒートは」

心配そうに顔を覗き込んでくる柊は、相変わらず猛烈に格好いい。至近距離で見つめ合うと心臓がおかしくなりそうで、正直まだ慣れない。けれど不思議なことに、さっきまで楓太を支配していたマグマのような欲情はすっかり消えていた。

「ヒート収まったみたいです」

「よかった。上手くいったようだな」

何がと尋ねるまでもない。楓太は柊と番の儀式を終え、正式な番になったのだ。

じわじわと込み上げてくる幸福感にはしかし、小石の欠片がひとつ混じっている。

「ひとつ、訊いてもいいですか」

「なんなりと」

楓太の心の裡などお見通しなのだろう、柊は鷹揚に頷いた。

「神林さんは本当に、佐野宮さんの『運命の番』じゃないんですか」

「ない」

一刀両断だった。

「あのゴシップ記事は、そもそもこっちが提供したものだ」

「え？　佐野宮さんが？」

「俺というか、事務所だな」

呆気に取られる楓太に、柊は芸能界の暗黙のルールを教えてくれた。根も葉もない記事だとわかっていても、人気俳優の名前が載れば週刊誌は売れる。ドラマにも注目が集まる。

「ま、ウィンウィンの関係ってわけだ。というか、あんなのヤラセネタだって今時子供だって気づくだろう」

「だって『運命の番』にはキューピッドがいるって、白坂さんが」

「俺と拓真のキューピッド？　誰のことだ」

「プロデューサーの五十嵐さんです」

「はあ？　五十嵐さん～？」

柊が声を裏返した。楓太は先日ネットで新作ドラマについて調べたことを話した。

「神林さんが、インタビューで『五十嵐さんはキューピッドです』って」

あの時のショックを思い出して項垂れる楓太の前で、柊はいきなりブッと噴き出した。

「ないない。あの人だけは絶対にない」

「どうしてですか」

「プロデューサーとしては有能なんだが、あの人は欲の塊だ。出世欲に物欲に色欲……業界じゃ知らない者はいない」

「そ、そうなんですか」

「あんな煩悩の権化がキューピッドなわけがあるか。楓太、お前キューピッドについてどれくらい知っているんだ」

「『運命の番』のふたりを結びつける存在で、人だったり動物だったりするって、前に白坂さんが」

「概（おおむ）ね間違ってはいない。ただ」

柊はベッドの端に腰を下ろした。端正なマスクが近づいてきて、トクンと心臓が鳴る。

「『運命の番』やキューピッドについては、未知の部分が多いんだ。何せ母数が少なすぎるからな。ただし、キューピッドが動物や鳥でなく人間だった場合、そのほとんどが幼い子供だ——という話を、昔聞いたことがある」

それは柊が幼い頃、玄とマリアが離婚する前の話だという。珍しく添い寝をしてくれた玄が話してくれた。

『柊、お前はただのアルファじゃない。ギフテッドアルファだ』

『知ってる。お母さんがおしえてくれた』

玄は微笑み、幼い柊の頭を優しく撫でた。

『だからお前には、もしかすると「運命の番」がいるかもしれないな』

『うんめいの、つがい？』

『神さまが決めた婚約者みたいなもんだ』

『こんやくしゃ……あ、わかった、ぼくとけっこんする人のこと？』

玄は『ああ』と頷いた。

『その人、どこにいるの？　保育園にいる？』

『さあ、どうかな。でももしお前に「運命の番」がいるのなら、キューピッドが引き合わせてくれるはずだ』

「動物とか、鳥とか、小さな子供とか、キューピッドは〝きれいな魂〟を持っているんだと、親父は言ったんだ」

「きれいな……魂」

「無垢な心ってことだろうな」

「無垢な――あっ」

脳裏に浮かんだふたつの顔に、楓太は大きく目を見開いた。

『おーいっ！』

『やっほーっ！』

あの日耳に届いた高く澄んだ声。周囲には誰もおらず、ふたりは間違いなく楓太に向かって小さな手を振っていた。

「まさか奏ちゃんと耀ちゃんが……」

「俺も最初はまさかと思った。けどあいつらが俺たちのキューピッドだと考えると、すべて辻褄が合う。今まで恋愛には一切興味が持てなかったのも、お前に会うためだったと考えれば納得がいく。初めて出会った時、お前が突然ヒートに近い状態になったのも――」

「佐野宮さんが、僕の『運命の番』だったから……」

柊は「ああ」と頷いた。

「じゃあ佐野宮さんは最初から僕が自分の『運命の番』だと？」

「もしかしてとは思っていたが、半信半疑だった。けど一緒に暮らすうちに確信に変わっていった。なのにお前ときたら」

柊はちらりと楓太を見やり、ちょっぴり意地悪な笑みを浮かべた。

「俺は番になりたくて仕方がなかったのに、あんなもの出すもんだから」

「あんなもの？」

「コンドーム」

「っ！」

楓太は一瞬にして耳まで赤く染まった。

「俺がどれだけ傷ついたかわからないだろう」

「そ、その節は、大変ご無礼いたしました……」

柊は笑いながら縮こまる楓太の肩をそっと抱き寄せた。

「お前を夕食に誘った時のことを覚えているか？　チビたちはお前にこう言ったんだ」

『耀ちゃんね、きっとふうちゃん、来てくれると思ってた！』

『奏ちゃんも。ぜったいぜったい、ふうちゃん、来てくれると思ってたもん！』

「俺は最初、何を調子のいいことを言っているんだと鼻白んだ。けどそうじゃなかった。あいつらにはわかっていたんだ。俺たちが互いに唯一無二の存在なんだってことに」

「奏ちゃんと耀ちゃんは『運命の番』について理解できているんでしょうか」

まだ四歳のふたりは、第二の性分類の存在すら知らないはずだ。

「理解はしていないさ。おそらく本能だろう」

楓太がシッターとして佐野宮邸にやってきた数日後、柊はふたりに『あの時どうして楓太に手を振ったんだ?』と尋ねてみた。するとふたりとも首を傾げて『わかんない』と答えたという。

「お前以外のシッターに懐こうとしなかったのも、あいつらの本能の中にあるキューピッドの部分が、ずっとお前を探していたからなんじゃないかと思うんだ」

振り返ると確かに不思議なことばかりだった。最初の手招きだけではない。誕生日会の夜、楓太の写真を柊に送れとマリアにせがんだのも、佐野宮邸を飛び出した日から毎夜のように夢に出てきたのも、ふたりがキューピッドだからと考えれば納得がいく。

人の顔を覚えるのがさほど得意ではない楓太が、ほぼ初対面だったふたりの顔を短時間で見分けられるようになったのも、おそらく同じ理由からなのだろう。

「奏ちゃんと耀ちゃんが、僕たちを結びつけてくれたんですね」

「大活躍だったな。ま、あいつらの活躍がなくても結果は同じだったろうけどな」

「え？」

「どっちにしろ、俺はお前に惚れたってことだ」

軽いキスを交わしていると、玄関の方から賑やかな声が聞こえてきた。

「佐野宮さん……んっ……」

「あ！　マリアさん大変！　ふうちゃんのくつがある！」

これは耀介の声。「あら、ほんとね」とちょっと驚いたようにマリアが答える。

「ほんとだ！　ふうちゃんが帰ってきたんだ！」

これは奏介の声。

「キューピッドさまたちのご帰還らしい」

ふわりと笑い、柊が立ち上がった。

「ふうちゃーん！」

「おかえり、ふうちゃーん！」

「耀ちゃん、ぜったい帰ってくるって思ってた！」

「奏ちゃんも思ってた！」

「ここの後始末は俺がしておく。早く行ってやれ」

柊が微笑む。楓太は「はい」と頷き、可愛いキューピッドたちを出迎えるべく大急ぎで服を着ると、勢いよく部屋を飛び出したのだった。

ル～ルル、ルルル、ル～ルル～。軽快なテーマ曲がテレビから流れる。

『みなさまこんにちは。「照子の部屋」のお時間です。今日のお客さまは、もはや日本のイケメンの代名詞ともいえるこの方。俳優の佐野宮柊さんです』

国民的人気番組『照子の部屋』。芸能界の重鎮であるタレント・白柳照子が司会を務めるトーク番組だ。

この日のゲストは柊だ。収録は十日前に終わっているので生出演ではないのだが、そうとわかっていても、楓太は朝からそわそわと落ち着かず、番組が始まる一時間も前からテレビの前をうろうろしていた。

「始まった！　奏ちゃん、耀ちゃん、佐野宮さんがテレビに出てるよ」

奏介と耀介は、前日に行われた芋掘り遠足の振り替え休日で家にいた。一緒に『照子の部屋』を観ようと思っていたのに、ふたりの反応は恐ろしくドライだった。

「柊くん、だいたい毎日テレビに出てるよね」

「うん。はいゆうなんだから、これが日常だよ」

ふたりはテレビには目もくれず、広いリビングの真ん中にミニカーを並べて遊んでいる。

「そっか日常か……はは。だよね」

楓太は脱力しつつも、ちょっぴり納得してしまった。

国内有数の長寿番組だけあって、照子のトーク力はさすがだった。公開が迫っている新作映画の撮影秘話や、ドラマの共演者の面白エピソードなど、自分からはあまり話さない柊の口からごく自然に引き出していった。

『そういえば、双子の弟ちゃんたちはお元気ですか？　可愛い盛りなんじゃないですか？』

照子が不意に話題を変えた。柊が二年前に事故死した実父・玄の遺児を育てていることは周知の事実だが、デリケートな話題ゆえ直接触れてくる者はほとんどいない。しかし照子は持ち前の明るさで、柊の懐にひょいと飛び込んでいった。

『ええ、おかげさまで。最近は元気すぎて手を焼いています』

『おいくつになられましたの？』

『四歳になりました。幼稚園の年中です』

『お忙しいのに弟さんたちの子育てまでちゃんとされていて、本当に尊敬しますわ』

『ちゃんとはできていません。日々反省ばかりです。ただ』

柊はその瞳に、穏やかな色を湛えた。

『やっと家族らしくなってきたかなあと、この頃感じるようになりましたね』

『おや、何か心境にご変化が？』

あっけらかんと尋ねる照子につられたのか、柊はごまかすことなくしっかりと頷いた。

『変化……そうですね。ありました』

『たとえばそれは、好きな方がおできになったとか？』

『好きな人、ですか』

柊は一瞬、その目元を緩めた。

——スッ、スト〜ップ！

楓太は画面の前であわあわする。にこにこ顔でしれっと暴投するのは照子の得意技だ。

実は晴れて番になった後、ふたり揃ってその旨を白坂に報告した。ヒート状態の楓太を柊と共に家まで運んでくれた時点ですべてを察していたのだろう、白坂はひとつも驚かず、『よかったね』と過去最高の笑顔で祝福してくれた。

柊は、楓太というパートナーを得たことを公にしたいと言った。しかし白坂は首を縦に振らなかった。

『七年前のようなことにはならない。俺が全力でこいつを守る』

『お前の気持ちはわかる。ただお前たちの場合、ふたりだけの問題じゃないだろ』

ネットには捻じ曲げられた情報が溢れている。悪意に満ちた記事や批判に晒されて傷つくのは当人たちだけではないと白坂は言った。

『チビちゃんたちが、チビちゃんじゃなくなるまで待たないか。せめてふたりが第二の性分類についてちゃんと理解して、間違った情報を淘汰できる力がつくまで、並木くんには今まで通りシッターという肩書でいてもらった方が安全だと俺は思う』

白坂のアドバイスに、柊はしばらく思案し、やがて『そうだな』と頷いたのだった。もちろん楓太もその場で同意した。

ちなみに航平にも真実を打ち明けた。最初はとても驚いた様子だったが、親友の幸せを大いに喜び祝福してくれた。そして学祭会場から楓太が柊に連れ去られた一件についても、機転の利いたうそでみんなを上手にごまかしてくれた。

よもや白坂と交わした会話を忘れてしまったのだろうか。リモコンを握りしめたままソファーから腰を浮かせた楓太だったが、幸い柊は照子の暴投を打ち返すことはなかった。

『ご想像にお任せします』

世紀のイケメン俳優は、落ち着いた態度でそう答えた。

──よ……よかった。

『照子の部屋』が終わると、奏介がふっと顔を上げた。

「奏ちゃん知ってるよ。柊くんの好きな人」

「耀ちゃんも知ってる」

ふたりともテレビの音声をちゃっかり聞いていたらしい。

「し、知ってるの？　ふたりとも」

慌てふためく楓太を尻目に、ふたりは顔を見合わせてクスクスと笑った。

「バレバレだもん。わかっちゃうよね」

「うん。わかっちゃう」

「あははは、えっとそれは……誰だろう」

腋に冷たい汗が流れる。そんな楓太をからかうように、ふたりはまた顔を見合わせた。

「だれだろうねえ」

「だれだろうねえ」

「あははは、だ、誰だろうねえ」

広いリビングで茶番を繰り広げていると、玄関のチャイムが鳴った。

「あ、柊くんだ！」

「柊くん、おかえり！」

ミニカーを放り出しふたりが駆け出す。そういえば今日は午後の早い時間に帰宅できるかもしれないと言っていた。

「ただいま。楓太は？」

「リビング。テレビ観てる」

「今終わったとこ。柊くん出てたやつ」

「そっか……って、重い！　降りろ」

「やだ」

「むり」

「おーもーいっ」

奏介と耀介のはしゃぎ声に混じって、愛しい声が近づいてくる。

「おかえりなさい」

奏介を背負い、耀介を左腕にぶら下げた柊が「ただいま」と微笑む。

途端に頬が火照り、幸せの鼓動が身体中を駆け巡った。

「おっ、庭に珍しい鳥がいるな。あれはなんだろう」

柊は芝居がかった声を上げ、大仰な仕草で庭を指さした。

「え？　鳥？」

「どこどこ？」

ふたりは柊の身体から飛び降りてサッシを開けると、我先にと庭へ飛び出していく。その隙に柊は楓太の頬にチュッとキスをした。トクンと心臓が弾む。

「ねえ、柊くん、めずらしい鳥、どこ？」

「スズメしかいないんだけど」

不満げなふたりの声に、楓太と柊は視線を絡めながら小さく笑った。

「あー、どっかに飛んでっちゃったみたいだな」

残念そうな台詞も俳優とは思えぬ棒読みで、楓太は必死に笑いをこらえる。

「え〜、つまんないの〜」

「がっかり〜」

ふたりが見上げた秋空には、飛行機雲が真っ直ぐに一本走っていた。

あとがき

こんにちは。または初めまして。安曇ひかると申します。

このたびは『アルファな俳優様のおうちで住み込みシッターはじめました。』をお手に取っていただきありがとうございます。昨今業界が、長いタイトルに寛容になってきている気がします（笑）。長い方がいろいろと情報を詰め込めるので、こっそり喜んでいます。

でもって本作はタイトルだけでなく内容の方も「オメガバース」「芸能界」「双子の子育て」「黒髪眼鏡受」などなど、美味しそうなキーワード詰め放題のてんこ盛り！　欲張りすぎて、書き始めるなり後悔で涙目になったことは内緒です。

攻の柊は、ルックス、演技力ともに非の打ちどころのないトップ俳優という設定だったで「よーしっ、かっこいい攻を書くぞぉ」と鼻の穴を広げておったのですが、案の定と言いますか予想通りと言いますか……気づいたらいつもの「受に翻弄されるちょっと残念な攻」になっておりましたよ。くすん。まあそれでも『攻のかっこよさランキング（当社比）』では、かなり上位にランクインするはずです。なんてったって芸能人ですからね！

受の楓太と奏介&耀介の双子ちゃんの日常を書くのが楽しかったです。子供って時々大人が思いもよらないことをしでかしますよね〜。楓太は毎日ふたりにへとへとになるまで振り回されながらも、柊の独占欲丸出しの愛に包まれて、幸せな暮らしを送ることでしょう。

らくたしょうこ先生、このたびは超絶素敵なイラストをありがとうございました！特に奏介と耀介♡　本文を読んでくださった方なら、どちらがどちらなのかすぐに判別していただけると思います。双子と言っても個性はそれぞれ。描き分けてくださったらくた先生に感謝感激です♡　本当にありがとうございました。

さてさて、気の抜けない日々が続いています。心の痛むことも多い中、ほんのひと時でも楽しんでいただけたら幸いです。

末筆ではございますが、本作を手にしてくださったみなさまと、制作にかかわってくださったすべての方々に、心より感謝・御礼申し上げます。

ありがとうございました。

いつかまたどこかでお目にかかれることを願って。

二〇二二年　八月

安曇ひかる

安曇ひかる先生、らくたしょうこ先生へのお便り、
本作品に関するご意見、ご感想などは
〒101-8405
東京都千代田区神田三崎町2-18-11
二見書房　シャレード文庫
「アルファな俳優様のおうちで住み込みシッターはじめました。」係まで。

本作品は書き下ろしです

アルファな俳優様のおうちで住み込みシッターはじめました。

2022年9月20日　初版発行

【著者】安曇ひかる

【発行所】株式会社二見書房
東京都千代田区神田三崎町2-18-11
電話　03(3515)2311[営業]
　　　03(3515)2314[編集]
振替　00170-4-2639
【印刷】株式会社 堀内印刷所
【製本】株式会社 村上製本所

ISBN978-4-576-22126-7

https://charade.futami.co.jp/